POCHE ESCAPE GAME

MERLIN face à son DESTIN

Valérie Cluzel

LAROUSSE

INTRODUCTION

Bienvenue au Moyen Âge, peu avant le début du règne du roi Arthur, et te voici l'apprenti de Merlin l'enchanteur.

Ce livre te propose de vivre une aventure aux côtés du plus célèbre des magiciens. Aide-le à déjouer les mauvais tours de la fée Morgane et à protéger le roi Arthur et les chevaliers de la Table ronde.

Cet escape book contient un jeu par page.

Les solutions sont à la fin, à partir de la page 115.

Les jeux peuvent être résolus indépendamment les uns des autres, mais mieux vaut les faire dans l'ordre afin de suivre le déroulé de l'histoire.

Tu es prêt ? Ton aventure commence chez Merlin, dans la forêt de Brocéliande. Bonne chance !

Merlin vit dans une maison avec de nombreuses ouvertures pour être en connexion avec la nature. Tandis que tu te retrouves face à son logis, le sage te pose une énigme. **« Sachant que toutes les faces de ma maison sont identiques, combien y a-t-il de portes et de fenêtres en tout ? »**

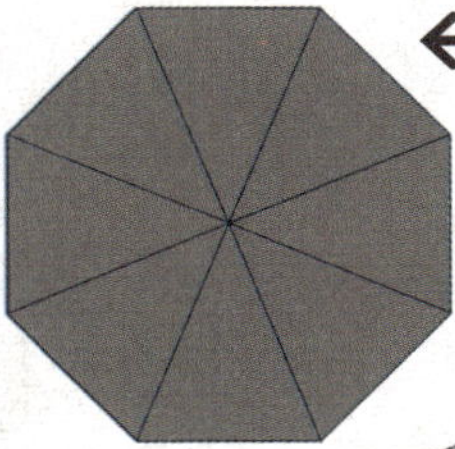

← La maison de Merlin vue du dessus

...56... fenêtres **...24... portes**

Puisque tu as su résoudre son énigme, Merlin te propose d'apprendre un nouveau sort pour te féliciter. Le druide t'explique alors comment te métamorphoser en différents animaux de la forêt. **Pour y parvenir, relie chacun de ces animaux à son ombre.**

À la nuit tombée, l'enchanteur se met à étudier le ciel et les étoiles. **Relie les points en suivant l'ordre des nombres pour découvrir la constellation que te montre Merlin.**

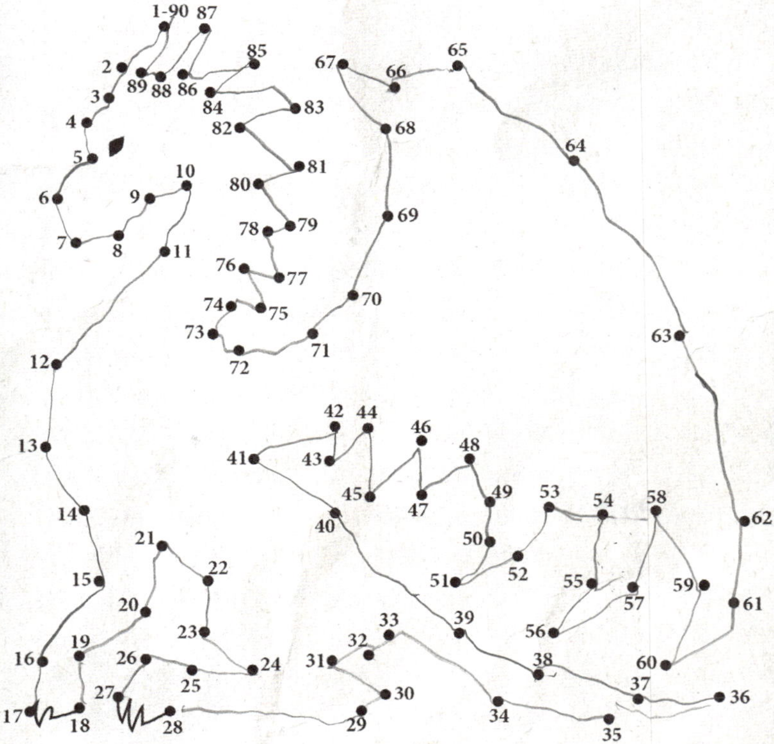

Le lendemain, Merlin te demande de lire dans ses pensées afin de deviner quels sont ses deux arbres favoris. **Décode ces images pour trouver le nom de chaque arbre.**

C	E	H	I	M	N	O	P	R
				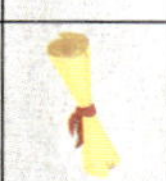				

CHENE

POMMIER

Ton maître est si fier de tes progrès qu'il veut te présenter son meilleur ami, Blaise. Ce dernier, qui est scribe, te propose un petit jeu de sa confection pour tester ta vivacité d'esprit. **Complète cette grille de mots croisés à l'aide des images.**

Merlin t'annonce que tu as réussi haut la main ses premiers défis. Il t'emmène dans un lieu rempli de magie. Pour découvrir le nom de cet endroit, **barre toutes les lettres qui apparaissent 4 fois sur cette page, puis reporte les lettres restantes de gauche à droite et de haut en bas.**

I S F A T O

N I P C E F L

H E A L C P

R E N P F G A

E I F A C L F

STONEHENGE

Ton maître te propose une dernière énigme avant de partir en mission. Merlin écrit ce nouveau défi sur un morceau de parchemin.

Il est le roi de l'endroit où nous nous trouvons.

C'est aussi ma monture et nous en aurons besoin pour partir en mission.

Qui est-il ?

Le cerf

La première partie de ton apprentissage touche à sa fin. Merlin te félicite. Le lendemain, vous quittez la forêt. L'enchanteur te demande de trouver le bon chemin en te fiant à ton intuition. Tu finis par discerner un château dans tes pensées.

Comment t'y rendre ?

Au château règne une grande agitation. Un paysan essaie de t'expliquer ce qu'il se passe, mais des sanglots interrompent ses paroles. **Parviendras-tu à compléter ses propos grâce aux mots de la liste ?**

Le … Uther …
est … ! Il a bu …
d'une … qui avait
été … par … .

empoisonnée
l'eau
l'ennemi
mort
Pendragon
rivière
roi

Le roi Uther
Pendragon est mor
Il a bu l'eau d'une
rivière qui avait
été emposonnée par
l'ennemi

Tu vois que Merlin est préoccupé et tu tentes de lire dans ses pensées. **Pour parvenir à le comprendre, recopie le contenu des cases du tableau du haut qui n'ont pas été noircies dans celui du bas.**

G	Q	U	B	A	T	'	B	C	Q	H	G	E	R	O
,	R	F	N	A	'	G	O	A	P	L	V	E	Q	X
S	?	H	I	O	L	P	,	V	D	R	A	D	S	X
W	D	G	Y	'	N	H	U	É	!	V	R	R	Y	I
T	U	I	J	S	E	C	R	V	H	.	I	Q	F	D
D	I	K	F	U	B	S	Q	P	I	R	H	B	B	S
V	E	G	R	H	J	A	X	L	H	F	E	R	P	D
N	J	R	E	V	O	K	M	L	U	C	G	H	B	J
A	K	?	I	F	E	N	;	R	B	S	O	N	I	?

Le magicien a soudain une vision : avant de mourir, le roi Uther a enfoncé sa célèbre épée, Excalibur, dans un rocher. Seul le futur roi pourra la déloger. **Parviendras-tu à apercevoir Excalibur dans les pensées de Merlin ?**

Tu proposes à Merlin d'organiser un tournoi afin que les chevaliers vainqueurs puissent essayer de déloger Excalibur de son rocher. Pour faire parler de cet événement, un peintre réalise à ta demande des affiches. Hélas, il n'arrive pas à reproduire à l'identique deux fois le même dessin. **Trouve les 7 différences qui se sont glissées entre ces deux scènes.**

Quelques semaines plus tard, de nombreux chevaliers viennent tenter leur chance au tournoi. **Classe ces chevaliers du plus grand au plus petit afin de découvrir le nom du page de l'un d'entre eux.**

Ce jeune page ayant oublié l'épée de son frère, il a soudain aperçu Excalibur et a réussi à la déloger du rocher. Longue vie au roi Arthur ! **Recompose la scène en reliant chaque morceau du puzzle à sa place.**

Certains chevaliers n'acceptent pas qu'Arthur soit roi. Pour les convaincre, place une couronne à côté de chacun, à l'horizontale ou à la verticale, mais pas en diagonale. Les chiffres indiqués en haut et à gauche de la grille te donnent le nombre de couronnes présentes sur chaque ligne et chaque colonne. **À la fin, il doit y avoir le même nombre de chevaliers et de couronnes.**

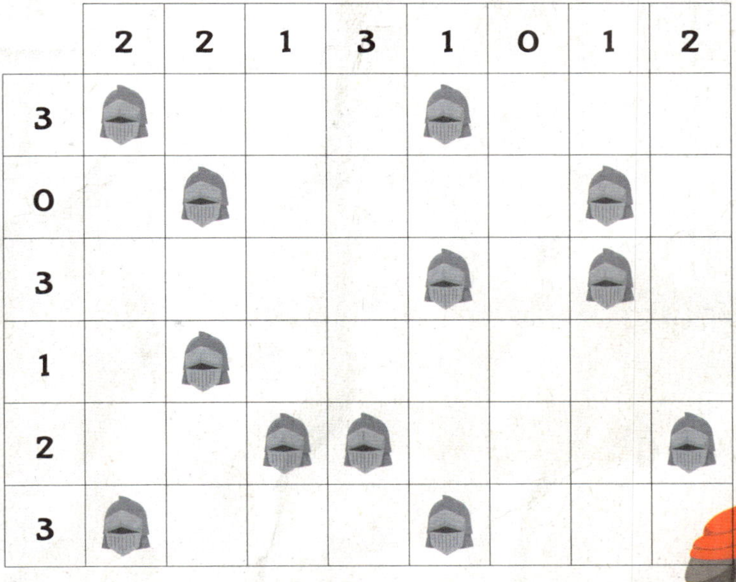

Aide : Commence par barrer les lignes et les colonnes où il n'y a aucune couronne.

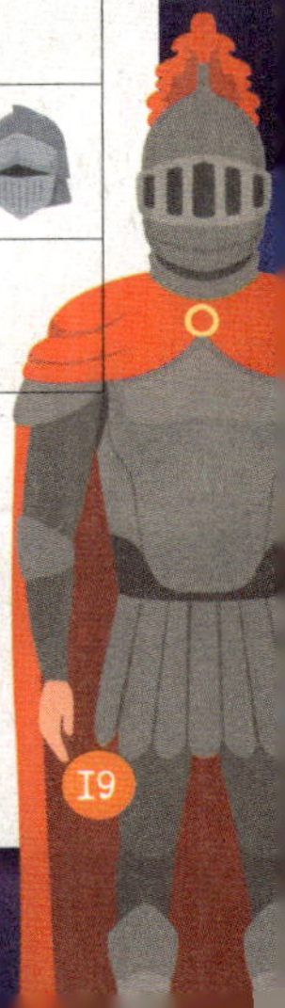

Trois mois plus tard, le roi Arthur s'installe dans un grand château, entouré de nombreux chevaliers. Tu t'y installes également et continues d'étudier la magie aux côtés de Merlin.

Arthur, qui ne pense qu'à Guenièvre, la fille de l'un de ses chevaliers, demande à Merlin de fabriquer une potion pour qu'elle tombe amoureuse de lui. **Aide le magicien à reconstituer la recette en trouvant logiquement la potion manquante sur chaque ligne.**

A) 

B) 

C) 

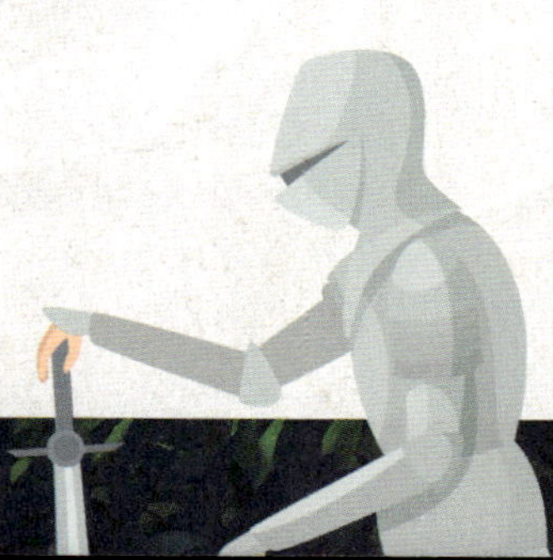

Guenièvre a accepté d'épouser Arthur avant même de boire la potion ! Hélas, au même moment, les Saxons envahissent le royaume. Tu pars en guerre aux côtés d'Arthur et Merlin. Tu décides d'observer attentivement tes ennemis avant de les attaquer. **Pour chaque chevalier, entoure le détail qui lui appartient parmi les trois images.**

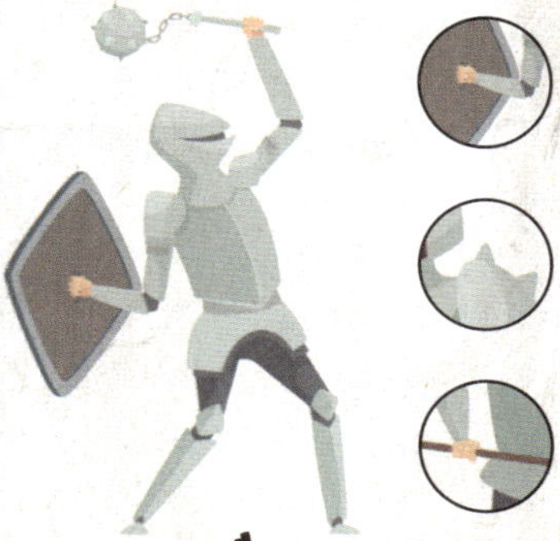

A

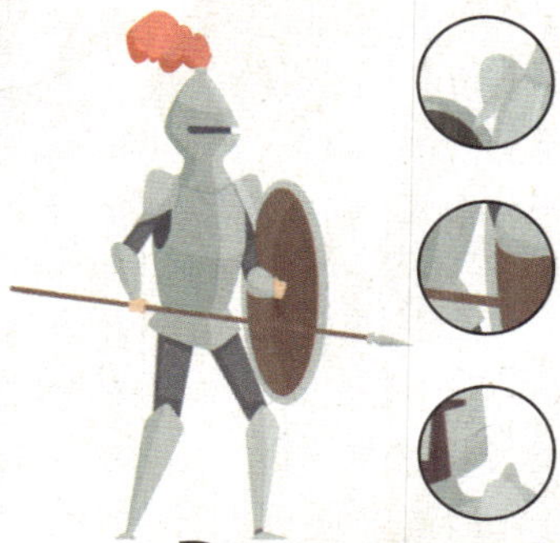

B

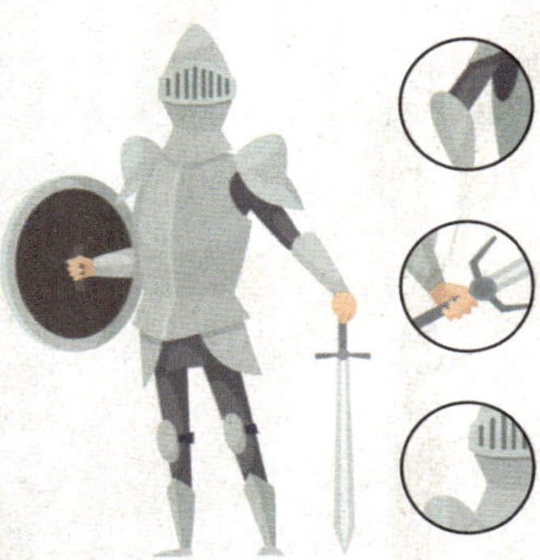

C

D

Tu essaies de te souvenir d'une formule magique pour repousser tes adversaires, mais les mots sortent bizarrement de ta bouche. Aurais-tu avalé de l'eau empoisonnée ? **Une lettre se démultiplie dans tes propos. Barre cette lettre pour reconstituer l'incantation.**

Ffbffoffuffcflffifefffrf
mffafgfffiffffqfufeff,

....

....

ffvffifefffnfsf mefff
pffrfofffftféfgffefffr

....

....

ffetf rfffefpffffofuffsfsfffe
mffefs fffefnnffffemffifsf !

....

....

Catastrophe ! Les Saxons ont aussi un mage dans leur camp, qui les dote de catapultes invisibles. **Repère-les dans ce tableau, sachant qu'elles ne se touchent pas, même en diagonale. Les chiffres en haut et à gauche de la grille t'indiquent le nombre de catapultes ou de parties de catapultes qui se trouvent sur chaque ligne et chaque colonne.**

	0	2	2	3	1	3	1	1
2								
1								
4								
1								●
4					◗			
1								

Petite : ● Moyenne : Grande :

Aide : Il y a 3 petites catapultes, 2 catapultes moyennes et 1 grande catapulte. Sers-toi de leurs différentes tailles et formes. Barre les cases où il ne peut pas y en avoir.

Bravo ! Tu as repéré toutes les catapultes. Grâce à toi, Merlin a pu les éliminer et Arthur a remporté la victoire ! Pour fêter ce moment de paix, le roi fait construire un splendide château fort qu'il appelle Camelot.

Les travaux prennent plusieurs années, puis, enfin, Arthur te demande d'y apporter la touche finale en le dotant de belles couleurs.

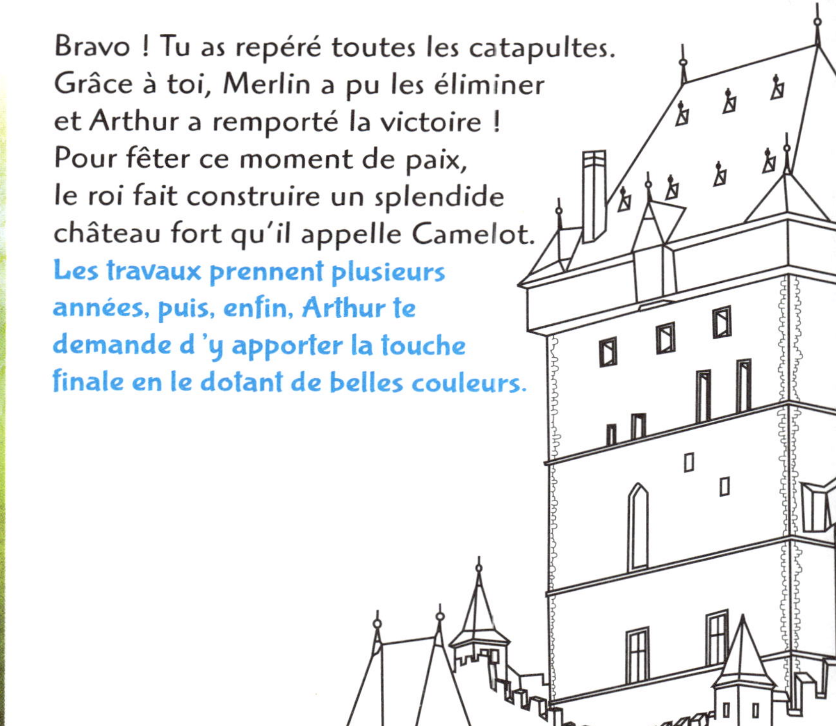

Merlin a senti une grande force magique venant d'un lac près du château. Tu l'accompagnes pour mener l'enquête à ses côtés. Près du lac, un chevalier habillé d'une splendide armure argentée vous barre la route. **Vous devez répondre à ses questions pour passer.**

I. Comment appelle-t-on les tranchées remplies d'eau autour d'un château fort ?

....

II. Laquelle de ces clauses ne fait pas partie du serment du chevalier ?

a) Tu défendras les plus faibles.

b) Tu prendras soin de ton cheval.

c) Tu ne reculeras pas devant ton ennemi.

III. Relie chaque mot à sa définition.

a) Garçon d'écurie •	**• 1. Serviteur d'un chevalier. Il prend soin de son matériel et de son cheval en cherchant à devenir chevalier à son tour.**
b) Écuyer •	**• 2. Il est au service d'un seigneur dans un château où il apprend les valeurs de la chevalerie.**
c) Page •	**• 3. Il s'occupe des chevaux d'un seigneur.**

Le chevalier disparaît sous l'eau et ne reparaît pas. Merlin te propose de fabriquer une potion qui permet de respirer sous l'eau pour voir ce qu'il s'y passe. **Barre tous les ingrédients qui apparaissent en triple pour ne garder que ceux dont tu as besoin.**

Vous apercevez encore le chevalier. Il nage en direction d'un château qui semble être tout en glace, au fond de l'eau. **Aide-toi de la grille pour le dessiner.**

À l'intérieur de ce palais, vous rencontrez une femme magnifique. Merlin tombe sous son charme. C'est la fée Viviane, aussi appelée « Dame du Lac ». Mais tu ne connais toujours pas le nom du chevalier qui l'accompagne. **Il te donne une énigme pour le deviner.**

Voici une anagramme de mon nom :

Léon Talc

Mon nom s'écrit en un seul mot, auquel on ajoute souvent « du Lac » pour parler de moi.

Alors ? As-tu deviné qui je suis ?

Indice : Une anagramme est un mot qui s'écrit en changeant l'ordre des lettres d'un autre mot.

_ _ _ _ _ _ _ _ _

Merlin et toi séjournez quelques jours dans le palais de la Dame du Lac. L'enchanteur enseigne sa magie à la fée qui, en échange, vous offre le gîte et le couvert.

Trouveras-tu la réponse à l'énigme de Merlin avant Viviane ?

Merlin, qui est tombé amoureux de la fée Viviane, ne veut plus partir. Heureusement, Lancelot, qui rêve de rejoindre les chevaliers du roi Arthur, finit par le convaincre de se rendre à Camelot. **Réussirez-vous à traverser ce labyrinthe pour rejoindre le château ?**

De retour à Camelot, Merlin te demande de l'aide pour fabriquer la grande table ronde du roi Arthur et de ses chevaliers. **Coupe la table en 16 afin que tous les chevaliers aient le même espace autour de la table, puis écris leurs noms qui sont listés sur la page suivante.**

Pour être sûr de n'oublier aucun des chevaliers de la Table ronde, trouve-les dans cette grille. Ils peuvent apparaître à l'horizontale, à la verticale ou en diagonale, dans tous les sens.

I	L	O	B	T	N	Y	E	K	M	R	B	B	U	H	C
M	R	V	J	R	G	G	A	U	V	A	I	N	W	N	W
T	X	R	W	O	A	K	C	L	A	V	E	C	R	E	P
R	H	S	M	H	L	P	C	F	T	F	Y	V	I	I	F
I	P	E	Z	O	A	Q	O	K	F	V	T	Z	O	R	F
S	A	Z	E	B	H	U	L	E	A	O	M	X	V	U	R
T	M	S	R	C	A	L	O	I	L	S	N	H	V	O	G
A	E	M	E	H	D	M	N	E	J	R	O	E	M	G	B
N	D	D	V	W	X	S	C	C	H	E	U	E	R	U	T
C	T	P	I	B	J	N	M	C	Y	F	R	H	K	E	N
F	H	U	D	H	A	P	Z	C	T	G	S	J	T	R	C
A	U	S	E	L	N	A	G	R	A	V	A	I	N	R	Q
H	T	S	B	B	A	F	P	S	F	X	E	G	X	E	A
O	J	Y	Q	T	I	T	N	A	G	A	E	L	E	M	Y
A	O	U	Y	L	Z	C	G	O	C	C	U	A	A	T	A

ACCOLON	GALAHAD	SAGREMOR
AGRAVAIN	GAUVAIN	TRISTAN
ARTHUR	KEY	URIEN
BEDIVERE	LANCELOT	YVAIN
BOHORT	MELEAGANT	
~~EREC~~	PERCEVAL	

Merlin est inquiet. Il a découvert que Morgane, la sœur d'Arthur, pratique la magie noire. Il te demande donc de l'observer, elle et ses sœurs, durant quelques jours. **Remplis ce tableau avec des croix et des ronds, comme sur l'exemple, pour découvrir quelle mauvaise action a fait chaque sœur, quel jour de la semaine et contre qui.**

1. Morgane ne s'est pas moquée de quelqu'un et n'a pas menti non plus.
2. Ce n'est pas le jeudi que la servante a été victime d'une mauvaise action.
3. La mauvaise action d'Élaine n'était pas contre la servante et ne s'est pas passée durant le week-end.
4. Urien a été insulté.
5. On a menti à la reine Guenièvre, mais ce n'était pas jeudi.

		JOUR			CONTRE QUI ?			ACTION		
		MARDI	JEUDI	SAMEDI	URIEN	SERVANTE	GUENIÈVRE	MOQUERIES	INSULTES	MENSONGES
SŒUR	MORGANE							X	O	X
	ÉLAINE								X	
	MORGAUSE								X	
ACTION	MOQUERIES									
	INSULTES									
	MENSONGES									
CONTRE QUI ?	URIEN									
	SERVANTE									
	GUENIÈVRE									

SŒUR	ACTION	CONTRE QUI ?	JOUR
MORGANE			
ÉLAINE			
MORGAUSE			

Ton enquête rassure un peu Merlin, mais il préfère rester prudent car le roi Arthur est souffrant. Il lui vient alors une idée. Pour éviter qu'on vous espionne, il te la livre sous forme d'énigme. **Noircis le nombre de cases qu'indique chaque chiffre autour de lui, même en diagonale et parfois sur lui-même, comme sur l'exemple. Commence par barrer toutes les cases autour du 0 et par colorier toutes les cases autour du 9, dont la sienne. À la fin, tu découvriras un dessin.**

1		3		3	3			2	
		6	8	9	9	8	6		1
0	1			8	8				0
		1		7			1		
0		0			6		0		0
				6					
0		1		7	7		1		0
		3		8	8		3		
0	1			6	6			1	0

Merlin invite les chevaliers de la Table ronde à retrouver le Saint-Graal, qui leur offrira prospérité, paix et richesse. Ils partent chacun de leur côté. Avant de s'éclipser lui aussi, Merlin te demande de chercher le Graal dans le Val sans retour. **Pour l'atteindre, traverse ce tableau en suivant le nom de ta destination.**

→	V	S	V	R	O	U	R	N	V	S
	A	R	L	E	T	O	V	A	L	N
	L	S	A	V	E	V	R	U	S	O
	R	E	N	S	R	O	T	E	A	L
	A	N	R	T	E	V	U	L	N	R
	N	V	T	U	O	T	E	R	S	U
	O	E	R	R	S	L	T	U	O	V
	N	V	U	V	U	A	N	S	A	R →
	S	V	R	A	L	S	O	R	N	U
	A	L	T	T	U	L	R	E	T	O

Le Val sans retour se trouve dans la forêt de Brocéliande. Pour y accéder, tu dois emprunter le Chemin du diable. Ces noms te font froid dans le dos, mais tu avances courageusement le long d'une rivière. **Complète cette grille de sudoku pour savoir combien de kilomètres il te reste à parcourir sur ce sombre chemin. Chaque rectangle de 6 cases doit contenir les chiffres 1, 2, 3, 4, 5 et 6, et que chacun ne doit figurer qu'une fois dans chaque ligne et chaque colonne de cette grille.**

				6	
	2	1	5	3	
3		5	6		
	6			5	3
2			3		
	5	3		1	

Hélas, un terrible dragon blanc t'attend au bout du Chemin du diable ! Heureusement, il est endormi. Tu en profites pour te remémorer les paroles de Merlin. **Que t'a-t-il appris ?**

A	D	E	I	L	N	O	R	S	T	U
●	●	●	●	●	●	●	●	●	●	●

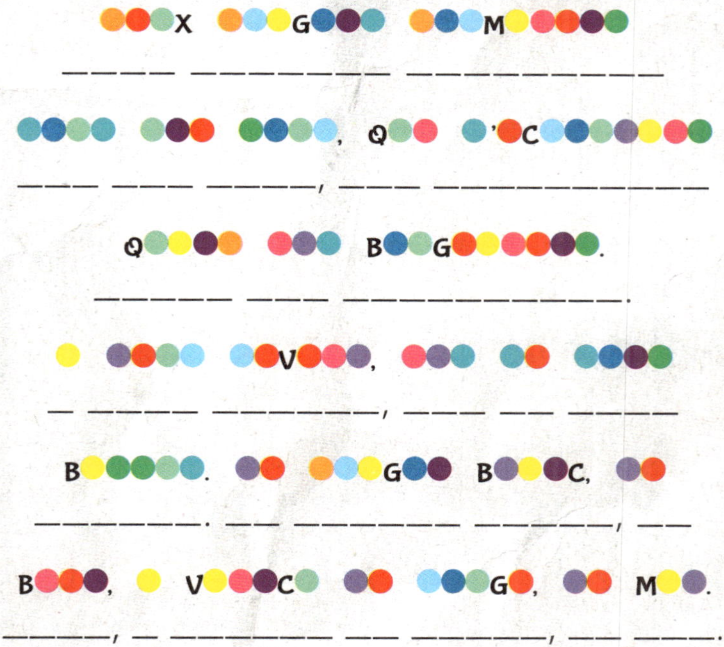

Es-tu en danger ?

Tu passes près du dragon le plus silencieusement possible, puis tu continues ta route. Tu arrives alors près d'un pont gardé par deux chevaliers. Le premier te raconte une histoire.

Un chevalier arrive devant trois sorcières qui lui proposent chacune un service. L'une d'entre elles ment toujours, une autre dit toujours la vérité, et la dernière dit toujours un mensonge avant de dire une vérité.

1re sorcière : Moi qui dis toujours la vérité, je te donnerai une belle reine !

2e sorcière : Moi qui ne mens jamais, je te donnerai un château.

3e sorcière : Je t'offrirai une grande force. Méfie-toi de la 2e sorcière, elle ne dit jamais la vérité.

Une seule sorcière lui rendra vraiment service. Laquelle ?

Le deuxième chevalier te propose une autre énigme.

Si tu réponds correctement, tu pourras passer.

Les chevaliers te laissent traverser le pont. De l'autre côté, une brume très épaisse bloque le passage. **Lis l'écriteau et trouve comment annuler ce sort brumeux de Morgane.**

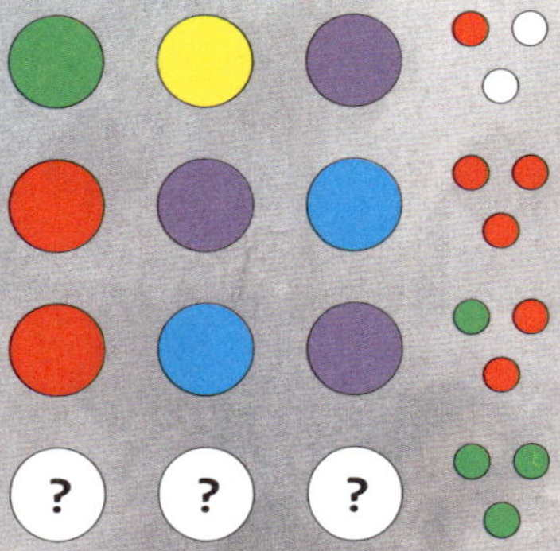

L'illusion créée par Morgane se dissipe. Tu aperçois alors tout un groupe de chevaliers en train de manger, jouer aux cartes et danser. Ils te regardent avec de grands yeux. Ce sont les chevaliers que Morgane a enfermés au Val, et tu viens de les libérer ! **Complète cette pyramide de chiffres pour connaître leur nombre exact.**

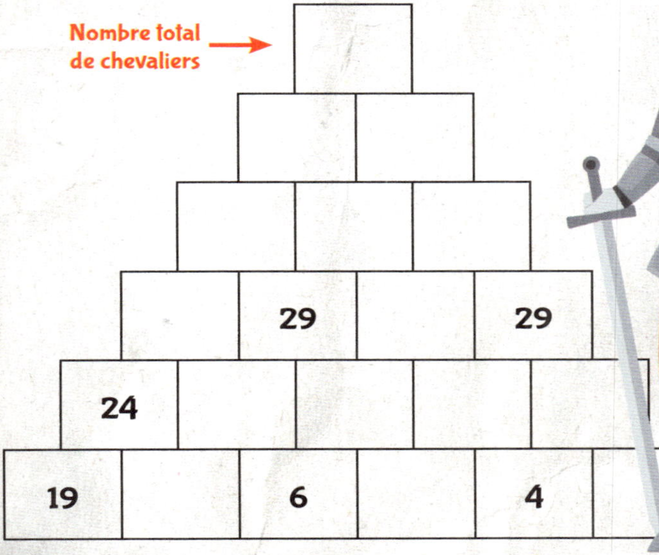

Tu viens de sauver .... chevaliers.

Tu n'as pas trouvé le Saint-Graal dans le Val sans retour, mais ton arrivée à Camelot n'en est pas moins triomphale. Arthur te remercie d'avoir ramené ses chevaliers. Tu hésites à lui dire que sa propre sœur était responsable de leur disparition. Mieux vaut en parler à Merlin d'abord. D'ailleurs, où est-il ? **Recompose ce puzzle pour le savoir.**

Merlin serait-il parti voir la Dame du Lac ? Si oui, il faut qu'il revienne vite car l'un des chevaliers de la Table ronde, Accolon, vient de s'enfuir avec Excalibur ! Tu essaies d'entrer en contact avec Merlin par télépathie. Pour cela, ton esprit doit s'accorder au sien.

Trouve la seule image qui correspond au modèle.

A

B

C

D

Comme tes pouvoirs magiques sont de plus en plus puissants, la télépathie fonctionne à merveille. Merlin te demande de le rejoindre dans un passage secret sous le château. **Traverse ce tableau en ajoutant 4 aux nombres dans les cases. Attention, tu ne peux pas aller en diagonale.**

4	8	2	18	26	31	43	54	66
6	12	16	20	22	44	57	68	72
10	14	22	24	34	40	56	60	76
12	18	26	28	30	36	52	62	79
30	38	36	32	34	38	40	70	85
37	42	40	46	51	52	59	74	89
50	46	44	48	52	56	60	80	84
54	52	56	50	54	61	64	79	90
62	68	74	63	82	70	68	75	96
69	76	84	88	61	74	72	88	86
70	85	92	90	98	99	76	80	84

+4 +4

Merlin t'attend. Tu lui racontes ce que tu as vu dans le Val sans retour. Il t'explique qu'Accalon est amoureux de Morgane et qu'il a probablement volé Excalibur pour elle. Il n'y a plus de doutes désormais : Morgane en veut à son frère Arthur ! Pour le prouver, Merlin te demande de fouiller la chambre de la magicienne. Malheureusement, la porte est verrouillée. **Relie chaque clé à la serrure correspondante pour ouvrir la porte.**

Cherche et trouve tous les objets de la liste pour prouver à Arthur que sa sœur lui veut du mal.

Merlin te ramène dans la salle de la table ronde. Tu montres alors à Arthur les objets trouvés dans la chambre de Morgane. Mais le roi est préoccupé. Il te demande de retrouver Excalibur. **Merlin te remet une carte des alentours et te donne des indications codées.**

Pars de A1. Avance de 6 cases vers la droite, puis de 3 cases vers le bas. Va ensuite 4 cases vers la gauche, 4 cases vers le bas et 3 cases vers la droite.

Descends encore de 2 cases et va 5 cases vers la gauche. C'est dans cette case que se trouve Excalibur.

Tu attrapes Accalon et récupères Excalibur. Le malfrat ne veut pas désigner clairement sa complice, mais il en dresse un portrait-robot. **Observe les différents portraits et procède par élimination pour trouver la complice.**

- Ma complice a du violet sur sa robe.
- Elle porte quelque chose sur la tête.
- On peut voir ses mains.
- Elle ne porte pas de bijoux.

A

B

C

D

E

On demande à Merlin de juger Accalon. C'est toi qui annonces son verdict au roi. **Voici ce que te dit l'enchanteur.**

Si les poids des sacs A et B sont égaux, alors Accalon restera en prison durant 5 ans.

Si le sac A est plus lourd que le sac B, il sera enfermé durant 10 ans.

Enfin, si le sac B est plus lourd que le A, il sera exilé.

Quelle est ma décision ?

Le calme est revenu à Camelot. Comme Merlin et toi êtes toujours inquiets au sujet de Morgane, vous continuez à la surveiller. Pour ne pas éveiller les soupçons, Merlin t'envoie des messages codés. Voici celui que tu as trouvé sous ton oreiller ce matin. **Aide-toi du tableau ci-dessous pour le déchiffrer.**

A	B	C	D	E	F	G	H	I	J	K	L	M
.....	.....	.....	.....	.....	.....	.....	.....	.....	.....	.....	.....	.....
N	**O**	**P**	**Q**	**R**	**S**	**T**	**U**	**V**	**W**	**X**	**Y**	**Z**
.....	.....	.....	.....	.....	.....	.....	.....	.....	.....	.....	.....	.....

Dans le code César, un A vaut un B, un B vaut un C, etc.

LNQFZMD RD LDEHD

_ _ _ _ _ _ _   _ _   _ _ _ _ _

CD MNTR RNXNMR

_ _   _ _ _ _   _ _ _ _ _ _

OKTR OQTCDMSR

_ _ _ _   _ _ _ _ _ _ _ _

Le lendemain, le roi te donne une mission. Tu dois accompagner le sieur Gauvain, qui part affronter le Chevalier vert. Pour que ton compagnon accepte de t'en dire plus sur ce chevalier, tu dois compléter la grille à l'aide des définitions sur la page de droite. **Tu pourras ensuite utiliser ces mots pour compléter le texte à trous.**

1. Antonyme de précédente.
2. Quelqu'un de très très grand.
3. Il faut en faire preuve pour relever le défi du Chevalier vert.
4. Petite église.
5. Il comprend 12 mois.
6. Le roi de Camelot.
7. Les hommes qui s'asseoient autour de la table ronde.
8. Excalibur en est une.

Il y a un ...., le Chevalier vert, un ...., s'est rendu à la cour du roi Arthur pour proposer un défi aux .... Celui qui le souhaitait pouvait lui donner un coup d'.................. sans qu'il réplique. En échange, le visiteur aura le droit de faire de même l'année .... Le chevalier voulait ainsi tester le .... des hommes d'.................. . Gauvain accepta le défi et trancha la tête du géant d'un seul coup. Mais le Chevalier vert ramassa sa tête et dit à Gauvain qu'il l'attendrait dans un an dans une .... verte.

Le chevalier Gauvain ne sait pas exactement où se trouve la chapelle. Il compte sur toi pour la localiser. Relie par un chemin les cases qui ont le même chiffre en traversant le nombre de cases qu'ils indiquent. Par exemple, pour relier deux cases 7 ton chemin doit faire 7 cases, en comptant les deux cases chiffrées, comme sur l'exemple.

Une fois tous les chemins tracés, colorie-les pour découvrir un dessin. Attention, les chemins ne doivent jamais se croiser ni partir en diagonale.

9		9		7						8		5		3
			7										3	
2														5
2						5		5				8		
6	6		4		7				7	4	4			
			4										6	6
		4			9				6					5
4									6				5	7
3		3			9				7					

À défaut d'une chapelle, vous arrivez devant les portes d'un château. Là vivent le seigneur Bercilak de Haudesert et son épouse. Ils connaissent la chapelle, qui est à une heure de cheval. Ils vous proposent de séjourner trois jours chez eux avant d'honorer votre rendez-vous avec le Chevalier vert. Le seigneur Bercilak défie le sieur Gauvain en utilisant une énigme à base de verres. **Aide le chevalier à résoudre cette énigme.**

	A	B	C	D	E	F	G
	H	I	J	K	L	M	N
	O	P	Q	R	R	S	T
	U	V	W	X	Y	Z	

Bercilak propose à Gauvain de lui ramener chaque jour un présent. En échange, Gauvain devra lui remettre ce qu'il aura gagné dans le château. **Aide-toi des indications pour trouver ce que chacun a gagné avant de l'échanger durant les trois jours.**

- Gauvain a gagné les deux baisers, mais pas le 1er jour.
- Bercilak n'a pas ramené la peau de renard le 2e jour.
- Gauvain a reçu plus de deux présents le 3e jour.
- Bercilak n'a pas chassé le sanglier le 1er jour.
- Bercilak n'a gagné aucun baiser et Gauvain aucun animal.
- Bercilak a ramené le cerf le jour où Gauvain a reçu un seul baiser.

Gauvain •

Bercilak •

• un cerf •

• un baiser •

• deux baisers •

• une peau de renard •

• un sanglier •

• trois baisers et une ceinture verte •

• 1er jour

• 2e jour

• 3e jour

Le lendemain, vous repartez en direction de la chapelle. Comme le seigneur Bercilak est déjà à la chasse, seule sa femme vous dit adieu.

À la chapelle, le Chevalier vert est bien là. Gauvain te demande de ne surtout pas intervenir et te laisse son épée. **Complète ce carré magique pour savoir combien de coups de hache Gauvain réussit à esquiver. La somme de chaque colonne, ligne et diagonale doit être égale à 15 et chaque chiffre ne peut apparaître qu'une seule fois dans la grille.**

			6	=15
		5		=15
	4		8	=15
15=	=15	=15	=15	=15

Finalement, le Chevalier vert parvient à toucher Gauvain et lui inflige une légère coupure au cou. Tu es horrifié. Heureusement, le Chevalier vert laisse soudain tomber sa hache. Tu cours près de Gauvain pour lui prodiguer les premiers soins. Tu vas avoir besoin d'une plante médicinale très rare pour que le sang ne coule plus. **Cette plante a plus de quatre feuilles, lesquelles ne sont ni rondes ni tricolores. Enfin, cette plante n'est pas d'un vert très foncé. Quelle est la plante dont tu as besoin ?**

Le sieur Gauvain n'est plus en danger. Il demande au Chevalier vert pourquoi il a arrêté le combat. Le géant part dans des explications quasi incompréhensibles. **Ne lis qu'une lettre sur deux pour saisir ce qu'il dit.**

Jfe dsvuhiksj lyed sxeviyginoekunrf Bserrvcjillnaaks. Mxoyrngearnveu mv 'as terqafnysnfiodrrmsé reunb gféyannktm vlevritf. Jdev tx 'aeiu tjogupcfhséq alun tnriooimsdizèrmteu cjonubpv, ccayri tcue adsg gxarrzdcég luax cdehilnbthuurkel lben tjrgoriysiioèpmhef jvoyuird. Tmoonu sbesrrmyennkto exsetf aqctcuovmupklfid. Trui pjeoupxm rceentturieorn cghyeizo tbodir.

. . . .

. . . .

. . . .

. . . .

. . . .

. . . .

Sur le chemin du retour, le chevalier Gauvain est soulagé d'avoir fini sa quête, mais il se sent honteux de ne pas avoir rendu la ceinture au seigneur Bercilak. Gauvain se promet de ne jamais la retirer pour se remémorer sa lâcheté. De retour à Camelot, le roi Arthur te demande en riant de coudre une ceinture verte pour la moitié des chevaliers de la Table ronde. **Répartis le tissu à utiliser pour chaque chevalier afin de laisser le moins de chutes possible.**

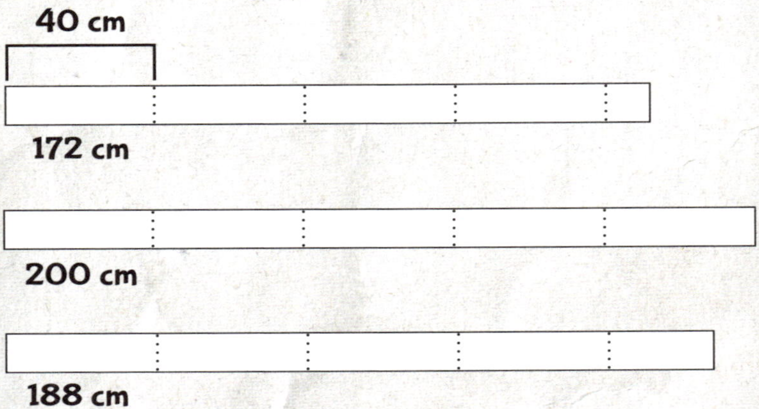

CHEVALIER	TOUR DE TAILLE	CHEVALIER	TOUR DE TAILLE
BOHORT	98 cm	PERCEVAL	90 cm
GALAHAD	96 cm	TRISTAN	86 cm
LANCELOT	94 cm	YVAIN	86 cm

Merlin a cousu l'autre moitié des ceintures. Arthur est en train d'attacher la sienne près de la table ronde quand le fils de Morgane, Mordred, devenu un jeune homme, entre avec fracas. Il réclame une ceinture pour lui-même, au prétexte qu'il a maintenant l'âge de s'asseoir à la table ronde. Arthur semble embêté, mais n'ose pas la lui refuser. Le roi vous demande donc de coudre une dernière ceinture. D'après Merlin, le cœur de Mordred n'est pas pur. Il se méfie de lui. Le magicien te demande d'écrire le nom du nouveau chevalier en lettres d'or pour reconnaître facilement sa ceinture. **Écris le nom du chevalier en alphabet runique, la langue des druides.**

A	B	D	E	F	G
ᛆ	ᛒ	ᛑ	ᛖ	ᚠ	ᚵ
H	I	J	K	L	M
ᚼ	ᛁ	ᛁ	ᚴ	ᛚ	ᛘ
N	O	P	Q	R	S
ᚿ	ᚮ	ᛕ	ᚴ	ᚱ	ᛋ
T	U	V/W	X	Y	Z
ᛐ	ᚢ	ᚡ	ᛪ	ᛦ	ᛎ

....

Merlin t'informe qu'il aimerait à présent retourner dans sa maison de Brocéliande pour revoir son vieil ami Blaise. Tu souhaites l'accompagner. La veille de votre départ, la reine Guenièvre vient vous voir en pleurs. Son cousin Cador vient d'être enlevé par des soldats. Merlin te demande de l'aider à localiser Cador. **Range tous les mots de la liste au bon endroit dans cette grille pour faire apparaître le nom du kidnappeur.**

AIGUISER **CAGE** **SAC** **SUD**
ARCHER **GALOP** **SAUVAGE**

Cet homme est le roi de la Terre déserte, mais personne ne sait vraiment où se trouve son royaume. Merlin et toi partez en éclaireurs pour guider les chevaliers. **Pour trouver le chemin, complète cette grille avec des nombres qui se suivent, de 1 à 19, en t'aidant des nombres déjà placés. Les lignes rouges sont placées entre deux nombres qui se suivent. Toutes les cases doivent être remplies.**

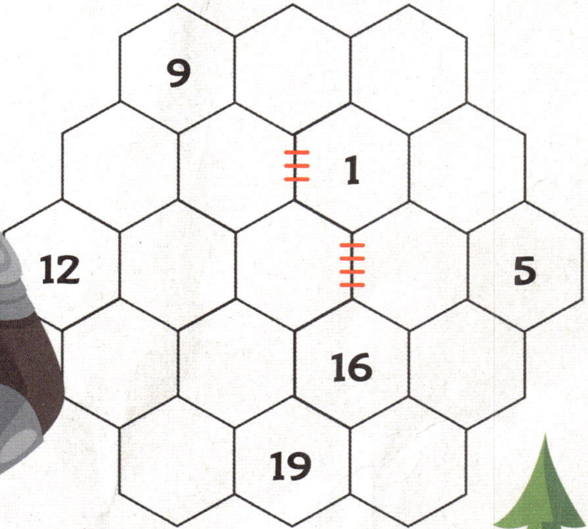

Vous arrivez devant le château du roi Claudas. Cet ennemi de longue date d'Arthur a enlevé Cador pour piéger ton roi. Une immense armée vous attend. Merlin te demande d'aller libérer Cador tandis qu'il restera combattre avec les troupes d'Arthur. **Pour localiser la case de la cellule où est enfermé Cador, avance dans ce tableau en utilisant toutes les flèches, qui sont indiquées dans le désordre. Attention, tu ne peux pas aller en diagonale ni passer par les cases avec un chevalier.**

→ → → → → → ↑ ↑ ↓ ↓ ↓

Tu as enfin trouvé le bon cachot. Le cousin de la reine va bien, mais la grille de sa cellule est fermée à clé. Tu profites de l'absence du garde pour chercher la clé permettant de l'ouvrir. C'est la seule qui correspond au modèle ci-dessous. **Trouve vite la clé pour libérer Cador !**

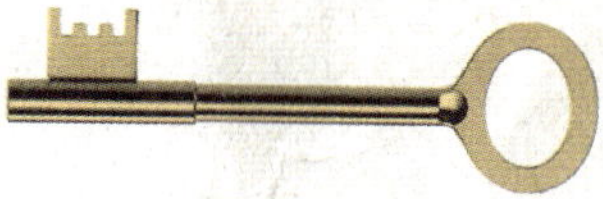

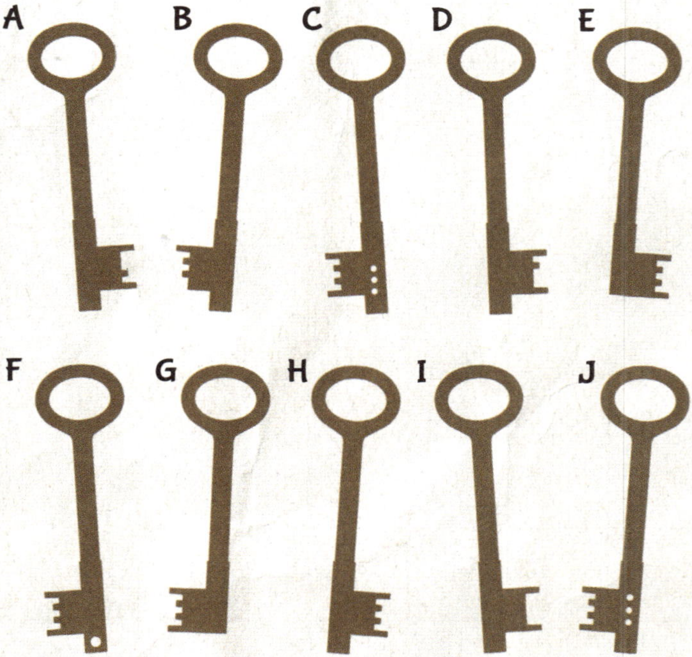

Bien joué ! Le chevalier est enfin libéré ! Vous devez maintenant ressortir. Hélas, une armée de gardes vous empêche de repartir. **Compte tous ceux qui portent une épée pour connaître le numéro de la page de ton grimoire secret où est écrit un sort qui pourrait t'aider.**

Voici la page 12 de ton grimoire. **Quelle formule magique vas-tu utiliser ?**

Vos adversaires se mettent à rétrécir encore et encore, jusqu'à devenir aussi petits que des fourmis. Vous sautez au-dessus d'eux pour rejoindre Arthur, Merlin et les chevaliers. Ce sort est très efficace, mais il t'a beaucoup fatigué. Cador t'aide à sortir du château et te confie à Merlin. Les chevaliers sont venus à bout de l'armée de Claudas. Merlin te parle de quelqu'un, mais ton esprit part dans tous les sens et tu ne parviens pas à le comprendre. **Repasse sur les flèches dont les deux extrémités sont identiques pour faire apparaître le nom du chevalier dont te parle le magicien.**

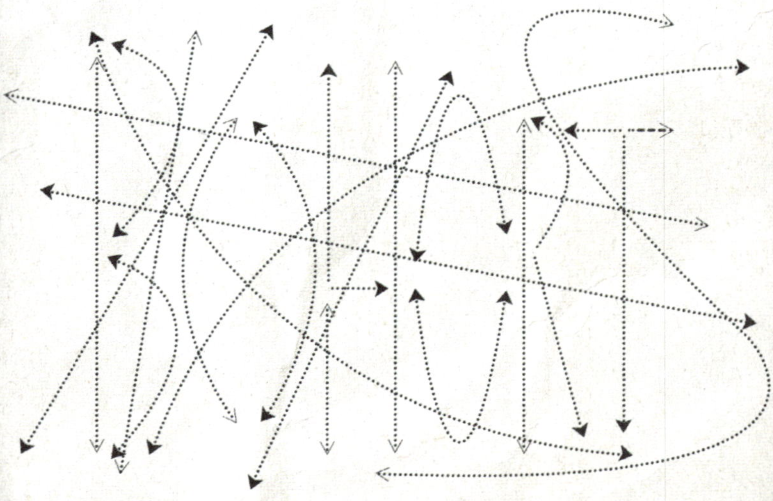

Le roi Claudas avait pris le royaume de Gaunes à Bohort, qui va donc pouvoir le récupérer. Merlin te ramène à Brocéliande pour que tu puisses reprendre des forces. Il t'a préparé une drôle de potion. Dans sa précipitation, il a cassé plusieurs bocaux. **Relie chaque morceau avec celui qui lui correspond, puis remets les lettres dans l'ordre pour découvrir le nom de cette potion.**

Après une bonne nuit de sommeil, te voilà d'aplomb pour reprendre l'apprentissage de la magie. Merlin t'a préparé de nouveaux entraînements pour te faire progresser. Pour commencer en douceur, l'enchanteur te pose des questions. **Réponds à chaque question pour former le nom d'une créature magique.**

Comment s'appellent les oiseaux dont vient mon nom ?					E	
Comment appelle-t-on un magicien en Bretagne ?						
Quelles plantes ne sont que des tiges piquantes ?		O				
Comment s'appelle ce petit château dont le nom se termine par une couleur ?						R
Qu'est-ce qui est à la fois un âge, un prénom et un rocher ?						
Quelle arme est un petit lance-pierres ?	F					
Quelle femme est aussi un poisson ?						

L'enchanteur souhaite désormais que tu aiguises ton sens de l'observation. **Trouve la seule feuille commune à tous ces arbres.**

Il est temps de passer aux choses sérieuses. Merlin te demande de le transformer en roi Arthur. **Aide-toi du code pour ajouter des traits quand c'est nécessaire. As-tu réussi ta métamorphose ?**

1	5	6	5	6	5	6	2
1	3	3	3	3	3	3	2
1							2
1			2	1			2
1			3	3			2
	5	3	3	3	3	6	
	6		3	3		5	
6			5	6			5
2		1	4	2	2		1
2		1	3	3	2		1
4	2	1			2	1	4
	2	1			2	1	
	2	1			2	1	
	2	1			2	1	
	2	1			2	1	
	2	1			2	1	
	2		5	6		1	
1	3	3	3	3	3	3	2

Tu peux encore t'améliorer, mais ce n'était pas si mal ! Alors que Merlin était sur le point de t'apprendre une autre métamorphose, un messager du roi Arthur arrive en trombe. La reine s'est fait kidnapper, très probablement par Accolon, l'amant de Morgane, car il n'est plus dans sa cellule. **Trouve vite le chemin le plus rapide pour rejoindre le château !**

Vous allez directement dans la chambre de Guenièvre, où vous trouvez un mot coupé et éparpillé sur le sol.
Aide Merlin à le recomposer.

Seul

chercher

la reine.

chevaliers

du Lac

Tous

Lancelot

seront tués

s'ils essaient.

les autres

peut venir

. . . .

. . . .

Arthur est d'accord pour envoyer Lancelot, mais seulement s'il est discrètement accompagné de toi et Merlin. Vous devez rester constamment à une distance comprise entre 600 m et 900 m du chevalier pour ne pas attirer l'attention ni perdre sa trace. **Lis les indications puis précise si, à l'instant T, Merlin et toi devez ralentir, rester au même rythme ou aller plus vite.**

- Merlin et toi galopez à 27 km/h et Lancelot à 25 km/h.
- 1 km = 1 000.
- À l'instant T, Lancelot est parti il y a 1 h 30 et vous il y a 1 h 20.
- 20 min = 1/3 d'heure et 30 min = 1/2 heure.
- Distance (en m) = vitesse (en km/h) × temps (en h)

À l'instant T, Lancelot a parcouru une distance de .... km en .... h.

À l'instant T, Merlin et toi avez parcouru une distance de .... km en .... h.

À l'instant T, ... m vous séparent de Lancelot.

Vous devez donc ....

Soudain, Merlin sent que Lancelot n'avance plus. Il te demande de t'approcher discrètement pour connaître la raison de cet arrêt soudain. **Colorie selon le code pour découvrir la scène que tu as sous les yeux.**

0 = (blanc) 1 = (gris) 2 = (gris foncé) 3 = (rose pâle) 4 = (jaune) 5 = (orange) 6 = (vert) 7 = (vert clair) 8 = (rose)

0	0	0	8	0	8	0	0	0	0	0	0	0	0	0	0	0	0	0	0	0	0	0
0	0	0	8	8	8	0	0	0	0	0	0	0	0	0	0	8	0	8	0	0	0	0
0	0	0	0	8	0	0	0	0	8	8	0	8	8	0	0	8	8	8	0	0	0	0
0	0	0	0	0	0	0	0	0	8	8	8	8	8	0	0	0	8	0	0	0	0	0
0	0	0	0	1	1	1	0	0	8	8	8	8	8	0	0	0	0	0	0	0	0	0
0	0	0	1	1	1	1	1	0	0	8	8	8	0	0	0	0	5	5	5	0	0	0
0	0	1	1	1	1	1	1	1	0	0	8	0	0	0	0	5	5	5	5	5	0	0
0	0	1	1	3	3	3	1	1	0	0	0	0	0	0	5	5	3	3	3	5	5	0
0	0	1	3	3	3	3	3	1	0	0	0	0	0	0	5	3	3	3	3	3	5	0
0	0	4	3	3	3	3	3	4	0	8	0	8	0	5	5	3	3	3	3	3	5	5
0	0	0	3	3	3	3	3	0	0	8	8	8	0	5	5	3	3	3	3	3	5	5
0	0	0	0	3	3	3	0	0	0	0	8	0	5	5	5	5	3	3	3	5	5	5
0	0	1	1	1	1	1	1	1	0	0	0	0	0	5	5	5	6	3	6	5	5	5
0	1	1	1	1	1	1	1	1	1	0	0	0	0	5	7	6	6	3	6	6	7	5
0	1	1	1	1	1	1	1	1	1	0	0	0	0	5	7	6	6	6	6	6	7	5
0	1	1	1	1	1	1	1	1	1	0	0	0	0	0	7	6	6	6	6	6	7	0
1	1	0	1	1	1	1	1	0	1	1	0	0	0	0	7	0	6	6	6	0	7	0
1	1	0	1	1	1	1	1	0	1	1	0	0	0	0	7	0	6	6	6	0	7	0
1	0	1	1	1	1	1	1	1	0	1	3	0	0	0	7	6	6	6	6	6	7	0
3	0	1	1	1	1	1	1	1	0	0	2	0	0	0	3	6	6	6	6	6	3	0
0	0	0	1	1	0	1	1	0	0	2	2	2	0	0	6	6	6	6	6	6	6	0
0	0	0	1	1	0	1	1	0	0	0	1	0	0	0	6	6	6	6	6	6	6	0
0	0	0	1	1	0	1	1	0	0	0	1	0	0	0	6	6	6	6	6	6	6	0
0	0	0	1	1	0	1	1	0	0	0	1	0	0	6	6	6	6	6	6	6	6	6
0	0	0	2	2	0	2	2	0	0	0	1	0	0	6	6	6	6	6	6	6	6	6
0	0	0	2	2	0	2	2	0	0	0	1	0	0	6	6	6	6	6	6	6	6	6
0	0	2	2	2	0	2	2	2	0	0	1	0	6	6	6	6	6	6	6	6	6	6

Tu as surpris Guenièvre et Lancelot en train de s'embrasser. Tu cours vite informer Merlin. Le mage semble avoir compris quelque chose de très important. Il te l'écrit en code sur un parchemin, au cas où quelqu'un vous entendrait.

A	B	C	D	E	F	G	H	I
J	K	L	M	N	O	P	Q	R
S	T	U	V	W	X	Y	Z	

L = ligne, R = rang

L2R4 L2R6 L2R9 L1R7 L1R1 L2R5 L1R5 L1R1
L2R7 L1R9 L1R5 L1R7 L1R5
L1R7 L3R3 L1R5 L2R5 L1R9 L1R5 L3R4 L2R9 L1R5
L1R5 L3R2 L2R3 L1R1 L2R5 L1R3 L1R5 L2R3 L2R6 L3R2
L2R7 L2R6 L3R3 L2R9 L1R6 L1R1 L1R9 L2R9 L1R5
L1R4 L3R3 L2R4 L1R1 L2R3 L1R1
L1R1 L2R9 L3R2 L1R8 L3R3 L2R9. L1R5 L2R3 L2R3 L1R5
L3R1 L1R1 L3R4 L1R1 L1R9 L3R2
L2R8 L3R3 ' L1R9 L2R3 L3R1
L3R1 ' L1R1 L1R9 L2R4 L1R1 L1R9 L1R5 L2R5 L3R2
L1R5 L2R5 L3R1 L1R5 L1R3 L2R9 L1R5 L3R2.
L1R5 L2R3 L2R3 L1R5 L1R1
L2R3 L1R9 L1R2 L1R5 L2R9 L1R5
L1R1 L1R3 L1R3 L2R6 L2R3 L2R6 L2R5.

Vous retournez aussi vite que possible à la cour. Quand vous arrivez, Morgane est justement en train de montrer Guenièvre et Lancelot ensemble à Arthur dans une boule de cristal. Quelle sorcière ! En voyant la traîtrise de sa femme et de son meilleur ami, Arthur ordonne que Lancelot soit exilé et que Guenièvre entre au couvent. Puis il tombe malade et ne veut plus voir personne à part Merlin. L'enchanteur te demande de fabriquer la potion énergium pour le roi. Parmi tous ces ingrédients, un seul n'est pas dans la recette. **Trouve vite l'intrus.**

Merlin n'est pas rassuré. Sans leur roi, les chevaliers de la Table ronde sont perdus. Ils doivent absolument trouver le Saint-Graal. Le temps presse. Merlin te donne une liste de tous les chevaliers. Il les a mis en duo pour aller plus vite dans leurs recherches, mais le magicien a mélangé toutes les lettres ! **Pour chaque proposition, retrouve les noms des deux chevaliers qui ont été mélangés.**

IEAÉGRNRAVCA .... et ....

UAKAEVYING .... et ....

RAIECVEVPNAYL .... et ....

ÈNEÉIDRIVBRUE .... et ....

MHGOARELAGARASD .... et ....

NAHBTOISOTRTR .... et ....

Tu l'as cherché partout, mais impossible de trouver Mordred. Merlin te propose de regarder dans sa boule de cristal pour le localiser. **Aide-toi des chiffres en haut et à gauche de la grille pour colorier les cases, comme sur l'exemple.**

Mordred est à bord d'une diligence, il a fui le château. Et s'il n'est pas à cheval, c'est probablement parce que sa mère Morgane l'accompagne. Tu files dans les appartements de la sœur du roi pour vérifier ta théorie.

Elle a changé la façon de verrouiller la porte : pour l'ouvrir, il faut résoudre une énigme. **Appuie sur la bonne case de l'échiquier.**

Déplace-toi comme un cavalier pour obtenir la troisième lettre de l'alphabet.

Morgane n'est pas là et la plupart de ses affaires ont disparu. Il y a sûrement un indice quelque part qui pourrait te donner sa position... Vois-tu quelque chose ?

Tu dois traverser toute la chambre pour atteindre la carte, mais Morgane a dressé des pièges. Chaque chiffre indique combien de cases sont piégées parmi les huit qui l'entourent. Aucun piège ne se trouve sur une case chiffrée et il y a dix pièges en tout. **Repère-les tous pour pouvoir passer.**

1		1	0		1	1
		2	1			2
0				3		2
		2		3	2	
2		3	2			0
		4		2	2	
1				1		

Bravo ! Tu es maintenant juste devant la carte. **Remplace les nombres croisés sur le chemin entre Camelot et l'autre château par la lettre correspondant à ce rang dans l'alphabet (1 = A, 2 = B, etc.). Tu obtiendras le nom de l'île où se rendent Morgane et Mordred.**

_ _ _ _ _ _

Tu rejoins Merlin au chevet du roi. L'enchanteur t'explique que cette île est le pays des morts. Il se demande bien ce que Morgane et Mordred veulent y faire, mais il y a plus important pour le moment. Vous partez à la recherche du Graal. La magie de Merlin ne fonctionne plus sur le roi Arthur, seul le calice pourra le sauver. Cette quête sera longue et périlleuse, il vaut mieux être bien préparé. **Entoure les quatre objets dont tu auras besoin pour t'éclairer dans les espaces sombres, pour te redonner de l'énergie, pour te tenir au chaud et pour t'aider à atteindre des endroits en hauteur ou en profondeur.**

Le premier jour de votre quête, Merlin t'emmène dans une grotte où vit une sorcière qui pourrait connaître l'emplacement du Saint-Graal. Elle accepte de vous aider si vous rangez sa bibliothèque. **Colorie les livres de sorte qu'il y en ait un de chaque couleur sur toutes les lignes, toutes les colonnes et dans chaque rectangle de six cases.**

La vieille femme vous dit finalement qu'elle ne sait pas où est le Graal, mais qu'elle connaît quelqu'un qui pourrait vous aider. Quand vous lui demandez de qui il s'agit, elle répond : « L'homme qui est au-dessus de Louis sur cette peinture ». **À l'aide des indications, retrouve la personne que vous devez rencontrer.**

- Gérald n'est ni un roi ni un chevalier.
- Yves n'est pas à côté de Marie.
- Étienne est sous Yves.
- Philippe est un roi.
- Yves n'a pas les cheveux bruns.

Par chance, Merlin connaît personnellement le roi Philippe. **Pour rejoindre son château, noircis le chemin à emprunter grâce aux chiffres en haut et à gauche de la grille. Ils t'indiquent le nombre de cases noires qui se suivent sur chaque ligne et chaque colonne (sans compter les cases départ et arrivée). Attention, tu ne peux pas aller en diagonale et une case noire en touche toujours deux autres, mais jamais plus.**

	6	1, 1, 1	1, 1, 3	3, 1	1	4	1	0
3	DÉPART							
1								
4								
1								
1								
1, 4								
1, 1, 1								
3, 1								
2								ARRIVÉE

Le roi Philippe sait très bien où est le Saint-Graal. **Il vous le dira si tu parviens à trouver ce qui remplace le point d'interrogation ci-dessous.**

1

11

21

?

111221

312211

13112221

1113213211

Indices :

- La deuxième ligne parle de la première, la troisième de la deuxième, et ainsi de suite.
- Lis chaque ligne à voix haute.

Le roi Philippe vous dit que c'est le Roi pêcheur qui garde le Saint-Graal, mais il ne se souvient plus du nom de son château. **Trouve la seule lettre différente entre ces paires de mots pour former le nom du château du Roi pêcheur.**

1. CROISADE ARDOISE
2. JOUTES SUJET
3. ROUTES OUEST
4. BÉLIER RELIE
5. REINE NIER
6. RUNES SÛRE
7. CHEMISE MÈCHES
8. MAGICIEN IMAGINE

___ ___ ___ ___ ___ ___ ___ ___

Pour atteindre le château du Roi pêcheur, perché sur une falaise, vous devez grimper à une échelle. Mais attention, certains barreaux ne sont pas stables ! **Pour atteindre le sommet, utilise toutes les additions et soustractions listées à droite, sans passer par un barreau rouge.**

+ 5
+ 4
+ 3
– 1

Devant le château, vous faites une surprenante rencontre : Perceval, Bohort et Galahad sortent tout juste, un calice doré à la main. Tu n'en reviens pas. Alors c'est ça, le Saint-Graal ? Les trois chevaliers ont réussi à l'obtenir : il leur a suffi, expliquent-ils, de poser la bonne question au Roi pêcheur. Merlin est aux anges. Arthur va enfin guérir ! **Sur le chemin du retour, Perceval te pose une devinette.**

Mon premier est la dent du loup.
Mon deuxième est essentiel à la vie.
Mon troisième vient de l'anglais,
on l'emploie quand
on conclut une affaire.

Mon tout est un animal qui
se trouvait dans les douves
du château de Corbénic.

À peine es-tu descendu de cheval que Merlin fait boire au roi le contenu du Saint-Graal. Arthur reprend tout de suite des couleurs.

Le soir même, Agravain annonce une terrible nouvelle. Mordred a levé une grande armée pour s'emparer du trône de son oncle. Arthur demande à Merlin de réfléchir à une tactique. Tu imagines la place des chevaliers sur un croquis du champ de bataille. **Dans ce tableau, il doit y avoir le même nombre de 0 et de 1 sur chaque ligne et chaque colonne. Attention, tu ne peux pas placer plus de deux mêmes chiffres côte à côte, que ce soit à l'horizontale ou à la verticale.**

1					
					0
		1	1		
0	1	1			0
					0
		0		0	

L'heure de la bataille a sonné. Vous rejoignez une colline appelée Camlann. Merlin et toi restez un peu en retrait, car vous ne vous battez pas au corps à corps. Sur le chemin, l'enchanteur t'a appris un nouveau sort qui te sera bien utile. Tu peux créer et lancer des cordes qui ligotent immédiatement tes adversaires.

Hélas, tu n'arrives pas encore à viser et tu ne dois ta réussite qu'à la chance. **Dans cette grille, dessine une croix dans les 10 cases sur lesquelles tu veux lancer une corde, puis regarde la page des solutions pour savoir combien d'ennemis tu as réussi à ligoter.**

	1	2	3	4	5	6	7	8
A								
B								
C								
D								
E								
F								

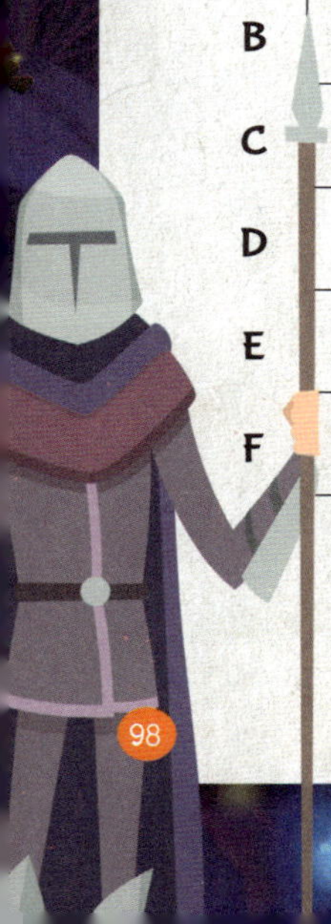

Le combat est presque terminé. Il y a eu beaucoup de pertes des deux côtés. Tu ne vois plus le roi, ni Mordred, ni même Merlin. Où sont-ils tous passés ? Soudain, tu entends un cor qui annonce la mort de quelqu'un d'important. Pour savoir de qui il s'agit, tu écoutes le nombre de sons émis par l'instrument.

Additionne chaque lettre du milieu de l'opération avec celle qui se trouve juste au-dessus d'elle, grâce au numéro de son rang dans l'alphabet.

Attention, les rangs ont été décalés ! Commence par trouver la valeur de H et I, comprise entre 1 et 26, pour que le résultat soit R et complète le tableau.

A	B	C	D	E	F	G	H	I
J	K	L	M	N	O	P	Q	R
S	T	U	V	W	X	Y	Z	

```
  Z H A D E D
+ Z I R C O M
  -----------
  _ R _ _ _ _
```

C'est une triste nouvelle. Les seigneurs des deux armées sont tombés de la main de l'autre. Comme le veut la coutume, vous déposez le corps de votre roi dans une barque. Il rejoindra ainsi l'île d'Avalon, le pays des morts. Merlin est dépité, il vient de perdre l'un de ses meilleurs amis. Il te propose d'aller chez la Dame du Lac, le temps de réfléchir à la suite de votre aventure. **Traverse ce labyrinthe en évitant les derniers soldats de l'armée de Mordred pour rejoindre le lac où habite Viviane.**

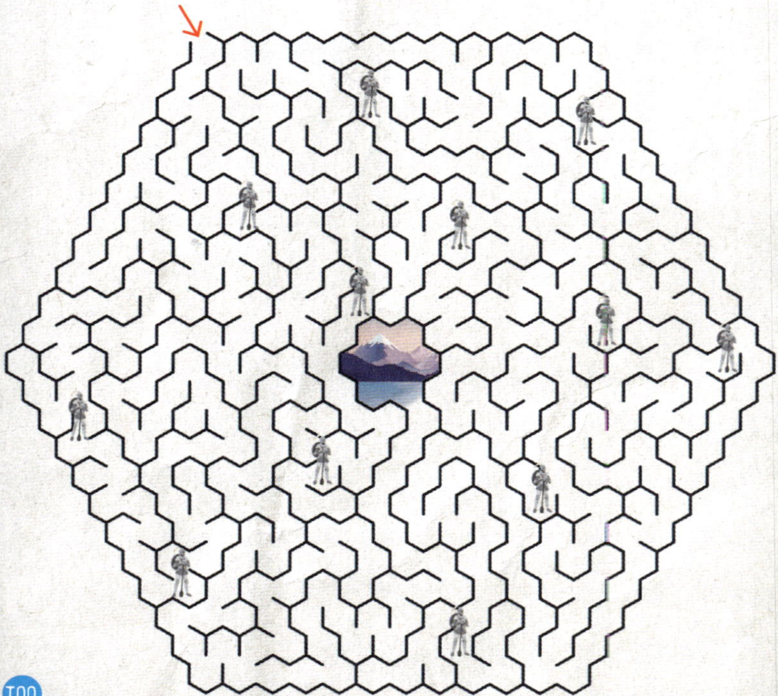

Merlin passe tout son temps avec la Dame du Lac, à qui il apprend toutes sortes de sortilèges. De ton côté, tu t'ennuies beaucoup dans ce château sous-marin. Un jour, Viviane te propose un petit jeu. **Trouve le seul dé à plat qui correspond à celui en trois dimensions.**

A

B

C

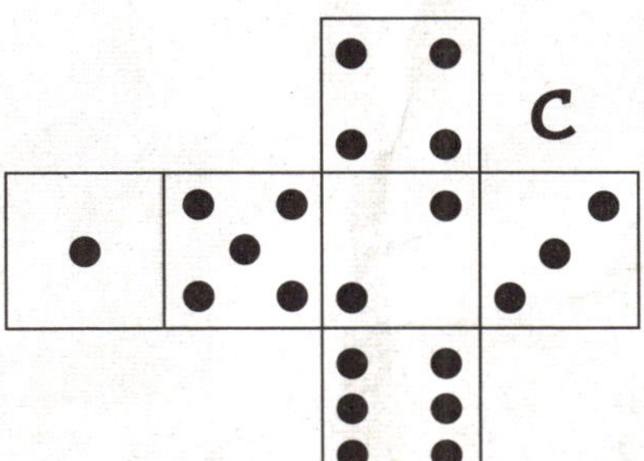

Lorsque tu termines de recomposer le dé, tes paupières deviennent très lourdes, comme si on t'avait jeté un sort…

Tu te réveilles en sursaut. Tu reconnais l'odeur de la poudre de rêves, qui endort quiconque la touche. La fée Viviane a dû en saupoudrer les dés. Mais pourquoi donc ? Tu cours rejoindre la salle principale du château et découvres avec effroi que Merlin est enfermé dans une prison d'air. Une espèce de tornade tourne à toute vitesse autour de lui. La tornade fait trop de bruit pour que tu puisses entendre ce que l'enchanteur essaie de te dire. **Il te fait des signes. Réussiras-tu à les déchiffrer ?**

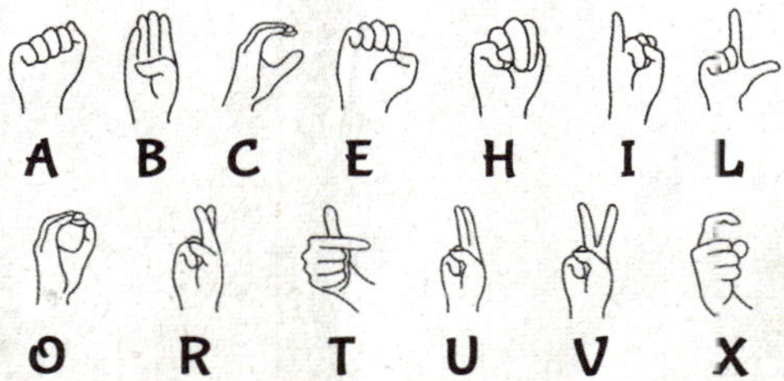

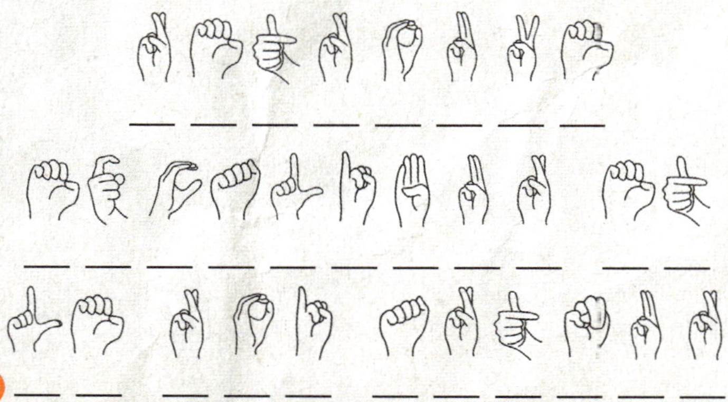

Retrouver Arthur ? Mais comment faire ? Tu ne vas tout de même pas rejoindre le royaume des morts ! Malheureusement, c'est exactement ce que Merlin te demande. Il n'y a pas une minute à perdre : la fée Viviane n'a pas encore remarqué que tu étais réveillé. Tu cours vers la porte du château de glace, mais elle est verrouillée. **Sur le côté, tu remarques une inscription ainsi que plusieurs boutons chiffrés. Que faire ?**

Le lendemain, tu chevauches toute la journée pour rejoindre la côte la plus proche de l'île. Impossible de traverser sans bateau, mais même si tu en trouvais un, ramer jusqu'à Avalon prendrait trop de temps. Tu as une autre idée en tête... **Complète cette grille de sorte que chaque lettre n'apparaisse qu'une fois par ligne, par colonne et par rectangle de six cases. Tu découvriras dans les cases jaunes la meilleure métamorphose pour rejoindre l'île.**

R			D	G	
	O	D		N	
N	G		A	R	D
O				A	
	N	R	O		

Tu es ravi d'avoir réussi cette métamorphose que seuls les mages les plus expérimentés maîtrisent. Tes immenses ailes te portent facilement à Avalon et tu atterris discrètement derrière une colline pour que Morgane ne puisse pas te voir depuis son château. La connaissant, tu es sûr qu'elle a gardé Arthur près d'elle. Sur ton chemin, tu croises un chat, un corbeau et un crapaud qui t'indiquent tous un chemin différent. **Sachant que l'un d'eux ment toujours, qu'un autre dit toujours la vérité après avoir dit un mensonge et que le dernier dit toujours la vérité, quel est le chemin que tu dois emprunter ?**

Tu parviens au château. Tu te concentres pour essayer de sentir la présence du roi Arthur. Il est bien là. **Suis les indications pour rejoindre la tour dans laquelle se trouve le roi.**

Tu entres par la porte dont le chemin de ronde n'est pas abrité, puis tu cours jusqu'à une autre porte juste derrière. Tu grimpes des escaliers et te retrouves sur le toit. Là, tu pénètres dans une petite tour et montes encore quelques marches. Tu es à nouveau dehors. Tu entres dans le bâtiment carré le plus proche et montes encore. Tu ne peux pas aller plus haut, alors tu redescends et sors par l'une des deux portes qui sont côte à côte. Tu fais le tour d'une grande tour, et quand tu arrives au pied de celle qui n'a pas de toit, tu sautes sur le chemin de ronde qui se trouve en dessous. De là, tu rejoins la tour extérieure la plus proche. Arthur est là.

Tu sens la présence d'Arthur au sommet de la tour, mais hélas, Morgane a senti la tienne. Elle t'attend au pied des marches, un sourire narquois aux lèvres. Elle doit être soulagée que tu ne sois pas accompagné de Merlin. Tu ne t'attendais pas à affronter Morgane en personne. Es-tu vraiment à la hauteur ? La magicienne ne te laisse pas le temps de réfléchir et t'envoie une boule de feu, que tu évites de justesse. **Trouve vite un sort à lui jeter dans ton grimoire de poche.**

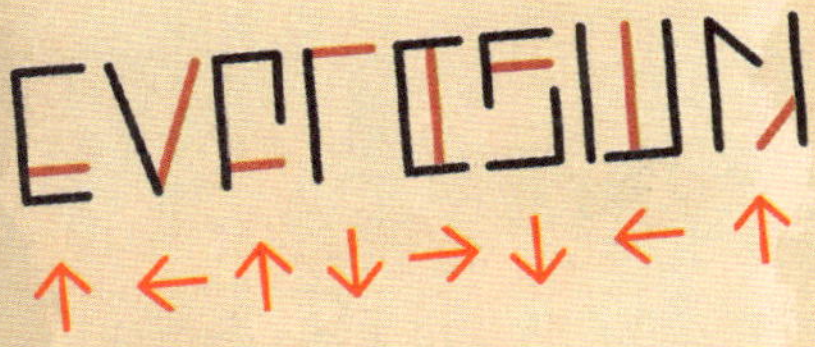

Pour jeter ce sort, décrypte la bonne formule, en un mot, en t'aidant des flèches. Plus tu la prononceras fort, plus elle sera efficace.

Tes premières attaques n'ont pas été très efficaces. Il te reste une dernière carte à jouer : celle de la métamorphose. Grâce à Merlin, c'est le sort que tu maîtrises le mieux. Il faut seulement que tu trouves la meilleure combinaison possible. **Observe ces groupes et trouve le seul qui ne contient pas exactement les mêmes métamorphoses qu'un autre.**

Morgane n'arrive plus à éviter tes attaques. Tu te métamorphoses si vite qu'elle ne sait plus où donner de la tête. Au bout d'un moment, elle tombe de fatigue et te supplie d'arrêter. Tu acceptes si elle promet de ne plus jamais utiliser la magie noire. En gage de sa bonne foi, elle te remet tous ses grimoires et ses potions, que tu brûles aussitôt. Morgane t'emmène jusqu'à Arthur. Tu expliques la captivité de Merlin au roi, qui te remet Excalibur. Il t'explique que pour l'utiliser, il faut prononcer un mot. Pour que tu le devines sans que Morgane l'entende, Arthur te raconte tout ce que tu as fait pour lui, dans le désordre. **Remets chaque extrait à sa place pour connaître le mot.**

L — Tu as accompagné Gauvain au château du Chevalier vert.

M — Tu as organisé un tournoi pour me trouver.

I — Tu as libéré le cousin de mon épouse Guenièvre.

E — Tu as ramené Lancelot à la cour.

R — Tu as cherché le Saint-Graal au Val sans retour.

N — Tu as participé à la bataille de Camlann.

__ __ __ __ __ __

Tu as compris que tu ne reverras plus jamais le roi Arthur, mais tu es heureux de l'avoir aidé et d'avoir pu lui dire au revoir. Avant ton départ, il te fait promettre de jeter Excalibur au fond du lac de Viviane quand tu n'en auras plus besoin. Tu n'oses pas te métamorphoser en dragon pour le retour, car tu dois économiser tes forces. Morgane te prête l'une de ses barques magiques. Pour la faire avancer, il suffit de lire une formule gravée sur sa coque. Les mots se reflètent sur l'eau en miroir. **Arrives-tu à les déchiffrer ?**

ACCEPTE DE ME PORTER JUSQU'À MA DESTINATION, JOLIE BARQUE. TRAVERSE L'EAU ET LE VENT AUSSI VITE QUE TU LE PEUX.

Tu retournes au lac de Viviane en moins d'une journée grâce à la barque. Elle t'a porté dans la mer, puis le long d'une rivière qui se jette à quelques mètres seulement du château. Tu ne peux t'empêcher de remercier la coquille de noix, qui repart aussitôt. La Dame du Lac devait s'attendre à ton retour, car elle a changé le code pour ouvrir la porte de son château.

Combien y a-t-il de cercles dans cette figure ? Appuie vite sur le bon bouton de verre pour secourir Merlin.

6 7 8 9

La Dame du Lac est auprès de Merlin et lui parle sans attendre de réponse. Tu caches Excalibur dans ton dos et tu t'approches en lui demandant pourquoi elle a enfermé le magicien. Elle sursaute en entendant ta voix. Après une courte hésitation, elle t'avoue qu'elle en avait assez que Merlin la quitte sans arrêt pour partir à l'aventure avec toi ou Arthur. C'est bien ce que tu pensais : Merlin et Viviane sont amoureux, mais la fée est un peu trop possessive ! Tu dégaines l'épée. La fée semble surprise et impressionnée. Tu dois vite trouver son point faible avant qu'elle ne t'enferme comme Merlin. **Observe attentivement la scène et trouve le seul détail qui ne lui appartient pas.**

Tu ne laisses pas le temps à la fée de répliquer et tu cries « Merlin » pour libérer toute la magie d'Excalibur, puis tu assommes Viviane d'un seul coup d'épée. Tu dois maintenant trouver le moyen de libérer Merlin avant qu'elle ne se réveille. Tu trouves un gros grimoire ouvert à cette page. **Que dois-tu faire ?**

SORT POUR RETENIR UN ÊTRE AIMÉ

Pour créer une prison de courants d'air autour de l'être aimé, dessinez les sept cercles de protection magique.

**Pour annuler le sort, le prisonnier doit me prononcer.
On me voit une fois dans la journée, une fois dans la nuit et deux fois dans l'année.**

Merlin répète distinctement la réponse à l'énigme que tu lui as donnée. Les vents tournent encore un peu puis finissent par se dissiper. Le magicien s'empresse de déchirer la page du grimoire qui explique comment créer les cercles de protection et la place précieusement dans sa poche. Il emmène ensuite la fée dans son lit et lui caresse tendrement la joue. Il t'explique qu'il ne lui en veut pas, car elle t'aura permis d'arriver au bout de ton apprentissage. Tu as vaincu à la fois la magicienne Morgane et la fée Viviane ! Il n'y a plus aucun doute, tu es un vrai magicien, au moins aussi puissant que Merlin lui-même.

L'enchanteur t'annonce qu'il va rester auprès de sa bien-aimée pour lui apprendre à mieux utiliser la magie. Quant à toi, tu n'as plus qu'une chose à faire : emmener Excalibur au plus profond du lac.

Ton aventure est terminée. Tu as déjoué tous les pièges et les obstacles qui ont traversé ton chemin. Tu as bien mérité ton titre de magicien. Bravo !

SOLUTIONS

Page 5

Il y a 56 fenêtres et 24 portes.

Page 6

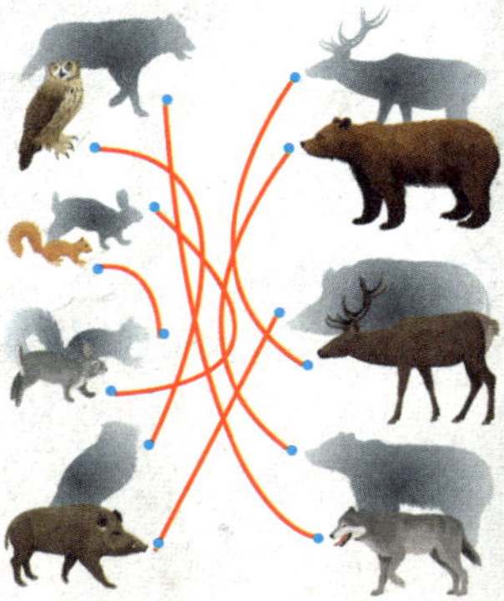

Page 7

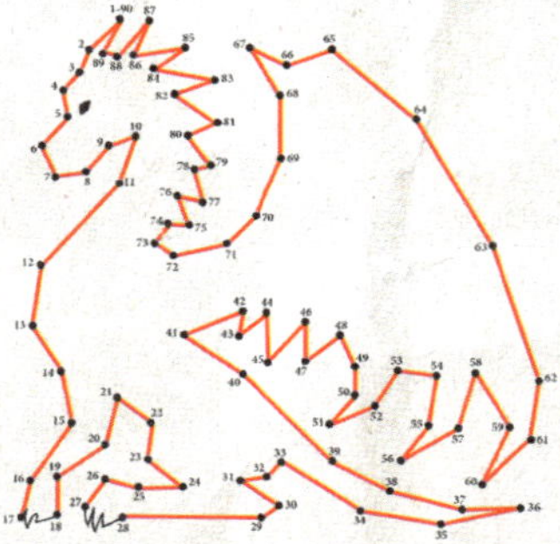

La constellation représente un dragon.

Page 8

Les deux arbres favoris de Merlin sont le pommier et le chêne.

Page 9

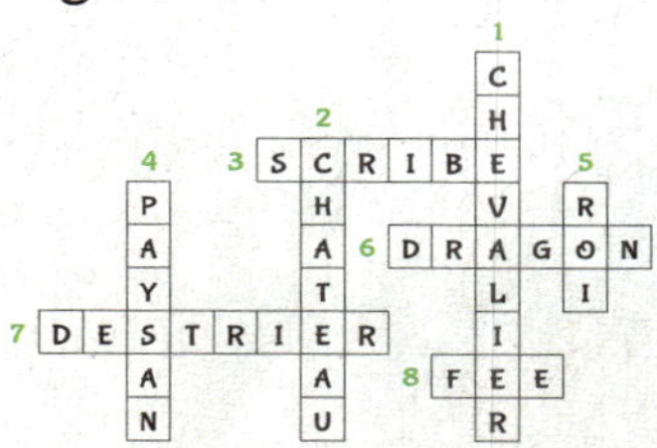

Page 10

Le lieu s'appelle Stonehenge.

Page 11

Le cerf. Vous vous trouvez dans la forêt de Brocéliande et le cerf est le roi de la forêt.

Page 12

Le bon chemin est le C.

Page 13

Le **roi** Uther **Pendragon** est **mort** ! Il a bu **l'eau** d'une **rivière** qui avait été **empoisonnée** par **l'ennemi**.

Page 14

« Uther n'a pas d'héritier. Qui sera le prochain roi ? »

		U			T					H		E	R	
			N		'			A						
						P					A		S	
	D			'		H		É			R			I
T		I			E		R			.		Q		
				U					I					S
	E		R			A		L			E		P	
		R			O					C		H		
A			I			N		R			O		I	?

Page 15

Page 16

Page 17

ARTHUR.

Page 18

Page 19

Page 20

A = B = C = 

Page 21

A = B = C = D = 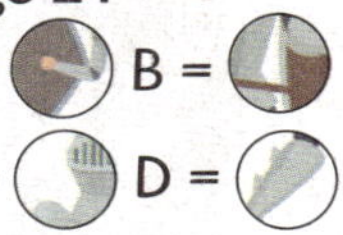

Page 22

« Bouclier magique, viens me protéger et repousse mes ennemis ! »

Page 23

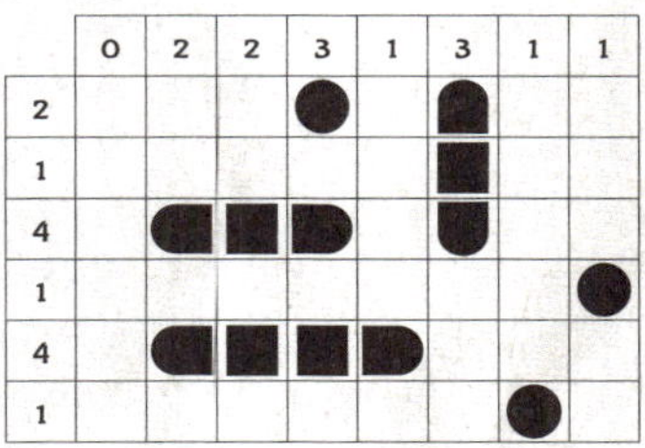

Page 26

I. Les douves ; II. b (même si cela reste très important pour les chevaliers) ; III. a-3, b-1, c-2.

Page 27

Tu as besoin de ces ingrédients :

× 2

Page 29

Le chevalier est Lancelot du Lac.

Page 30

Merlin a 60 ans et le roi Arthur 30 ans.

Page 31

Page 32

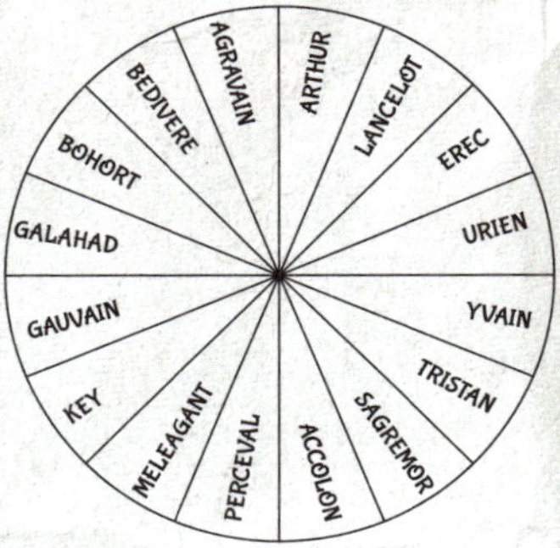

Page 33

I	L	O	B	T	N	Y	E	K	M	R	B	B	U	H	C
M	R	V	J	R	G	G	A	U	V	A	I	N	W	N	W
T	X	R	W	O	A	K	C	L	A	V	E	C	R	E	P
R	H	S	M	H	L	P	C	F	T	F	Y	V	I	I	F
I	P	E	Z	O	A	Q	O	K	F	V	T	Z	O	R	F
S	A	Z	E	B	H	U	L	E	A	O	M	X	V	U	R
T	M	S	R	C	A	L	O	I	L	S	N	H	V	O	G
A	E	M	E	H	D	M	N	E	J	R	O	E	M	G	B
N	D	D	V	W	X	S	C	C	H	E	U	E	R	U	T
C	T	P	I	B	J	N	M	C	Y	F	R	H	K	E	N
F	H	U	D	H	A	P	Z	C	T	G	S	J	T	R	C
A	U	S	E	L	N	A	G	R	A	V	A	I	N	R	Q
H	T	S	B	B	A	F	P	S	F	X	E	G	X	E	A
O	J	Y	Q	T	I	T	N	A	G	A	E	L	E	M	Y
A	O	U	Y	L	Z	C	G	O	C	C	U	A	A	T	A

Pages 34-35

SŒUR	ACTION	CONTRE QUI ?	JOUR
MORGANE	INSULTES	URIEN	JEUDI
ÉLAINE	MENSONGES	GUENIÈVRE	MARDI
MORGAUSE	MOQUERIES	SERVANTE	SAMEDI

Page 36

1		3		3	3			2	
		6	8	9	9	8	6		1
0	1			8	8				0
		1		7			1		
0		0			6		0		0
				6					
0		1		7	7		1		0
		3		8	8		3		
0	1			6	6			1	0

Page 37

V	S	V	R	O	U	R	N	V	S
A	R	L	E	T	O	V	A	L	N
L	S	A	V	E	V	R	U	S	O
R	E	N	S	R	O	T	E	A	L
A	N	R	T	E	V	U	L	N	R
N	V	T	U	O	T	E	R	S	U
O	E	R	R	S	L	T	U	O	V
N	V	U	V	U	A	N	S	A	R
S	V	R	A	L	S	O	R	N	U
A	L	T	T	U	L	R	E	T	O

Page 38

Il te reste 4 kilomètres à parcourir sur le Chemin du diable.

Page 39

« Deux dragons dormaient sous une tour, qui s'écroulait quand ils bougeaient.
À leur réveil, ils se sont battus. Le dragon blanc, le bien, a vaincu le rouge, le mal. »

Tu n'es pas en danger, car le dragon est blanc.

Page 40

La 3e sorcière est forcément celle qui dit un mensonge avant de dire une vérité, car sinon le chevalier obtiendrait deux services. Elle ne lui offrira donc pas de grande force. La 2e sorcière est celle qui ne fait que mentir. Elle ne lui donnera donc pas de château. Enfin, la 1re sorcière dit la vérité. Elle donnera au chevalier une belle reine.

Page 41

Il y a 21 arbres dans cette forêt.

Page 42

Page 43

253					
127	126				
64	63	63			
35	29	34	29		
24	11	18	16	13	
19	5	6	12	4	9

Page 44

A-3, B-6, C-1, D-4, E-2, F-5.

Page 45

L'image C.

Page 46

4	8	2	18	26	31	43	54	66
6	12	16	20	22	44	57	68	72
10	14	22	24	34	40	56	60	76
12	18	26	28	30	36	52	62	79
30	38	36	32	34	38	40	70	85
37	42	40	46	51	52	59	74	89
50	46	44	48	52	56	60	80	84
54	52	56	50	54	61	64	79	90
62	68	74	63	82	70	68	75	96
69	76	84	88	61	74	72	88	86
70	85	92	90	98	99	76	80	84

Page 47

Pages 48-49

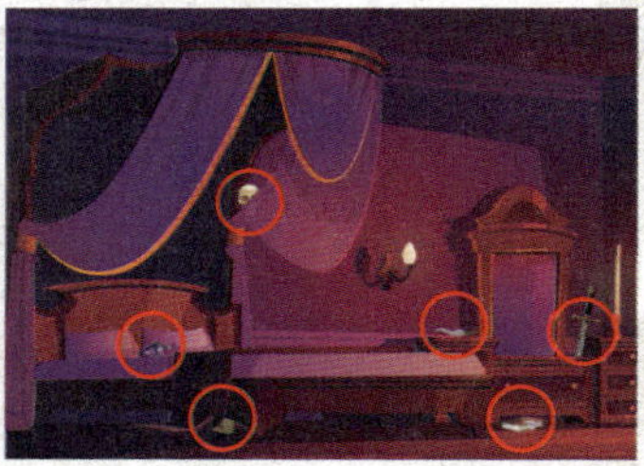

Page 50

Excalibur se trouve en J1.

Page 51

La complice d'Accalon est la femme E, mais ce n'est pas Morgane: il s'agit d'une autre femme de la cour.

Page 52

Accalon ira en prison pendant 5 ans, car les sacs font le même poids.
En commençant par les deux balances du bas, on obtient 4 champignons = 1 raisin, donc 5 champignons = 1 citrouille.
Comme il y a 5 aliments et que la citrouille est plus lourde que tous les autres, on peut ensuite remplacer les aliments par des chiffres de cette façon :

 = 1

 = 2

 = 3

 = 4

 = 5

Page 53

« Morgane se méfie de nous. Soyons plus prudents. »

Pages 54-55

Il y a un an, le Chevalier vert, un géant, s'est rendu à la cour du roi Arthur pour proposer un défi aux chevaliers. Celui qui le souhaitait pouvait lui donner un coup d'épée sans qu'il réplique. En échange, le visiteur aura le droit de faire de même l'année suivante. Le chevalier voulait ainsi tester le courage des hommes d'Arthur. Gauvain accepta le défi et trancha la tête du géant d'un seul coup. Mais le Chevalier vert ramassa sa tête et dit à Gauvain qu'il l'attendrait dans un an dans une chapelle verte.

Page 56

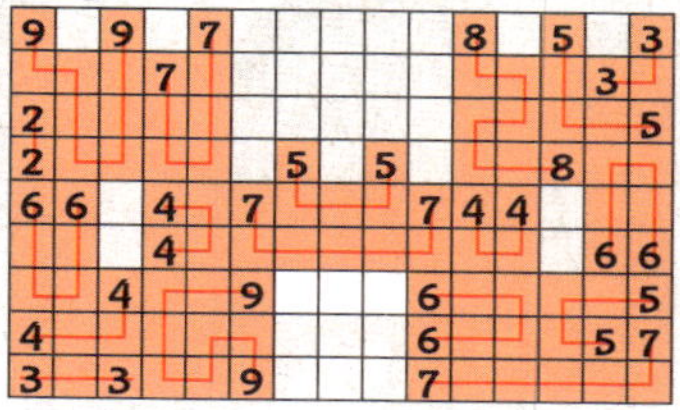

Page 57

« Un cadeau par jour »

Page 58

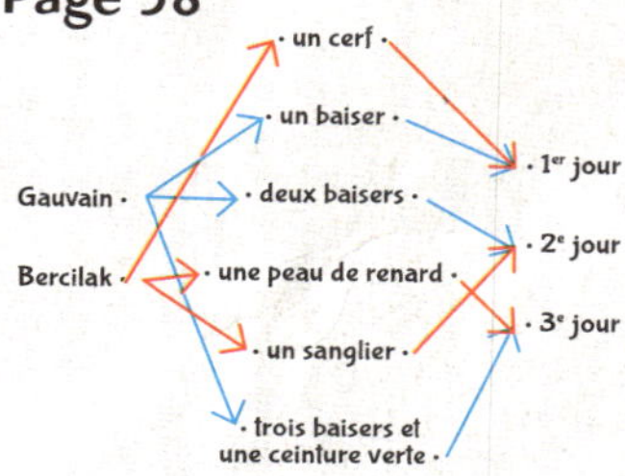

Page 59

2	7	6
9	5	1
4	3	8

Page 60

La plante dont tu as besoin est celle-ci.

Page 61

« Je suis le seigneur Bercilak. Morgane m'a transformé en géant vert. Je t'ai touché au troisième coup, car tu as gardé la ceinture le troisième jour. Ton serment est accompli. Tu peux rentrer chez toi. »

Page 62

Il faut additionner le tour de taille des chevaliers : 98+96+94+90+86 +86=550. En tout, tu as besoin de 550 cm de tissu. Or, tu possèdes 560 cm de tissu. Pour ne laisser que 10 cm de tissu en une seule chute, il faut procéder ainsi :

- Couper le tissu de 172 cm en deux pour obtenir les ceintures de 86 cm de Tristan et Yvain.
- Retirer 98 cm dans le tissu de 188 cm pour la ceinture de Bohort, ce qui laisse tout juste 90 cm pour la ceinture de Perceval.
- Retirer 96 cm dans le tissu de 200 cm pour la ceinture de Galahad. Il te restera 104 cm, soit 94 cm pour la ceinture de Lancelot et 10 cm de chute.

Page 63

ᛉᚨᚱᛏᚱᛖᛏ

Page 64

		A	R	C	H	E	R	
		G	A	L	O	P		
			C	A	G	E		
	A	I	G	U	I	S	E	R
		S	U	D				
S	A	U	V	A	G	E		
				S	A	C		

Page 65

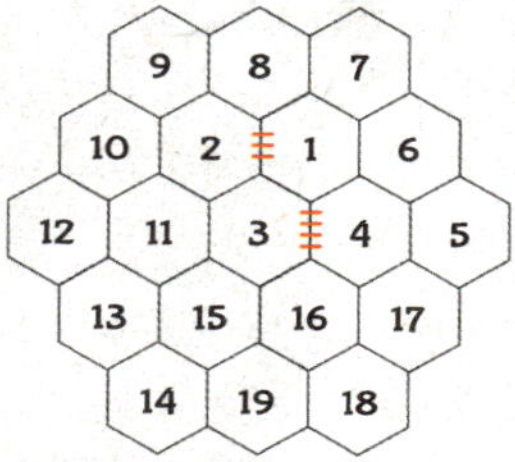

Page 66

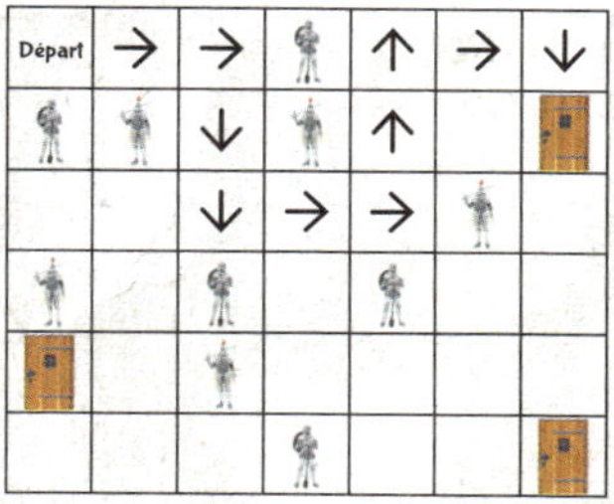

Page 67

La bonne clé est la H.

Pages 68-69

Tu dois regarder page 12.

Page 70

CHEVALUS
MINIMALUS !

Page 71

Merlin te parle de Bohort.

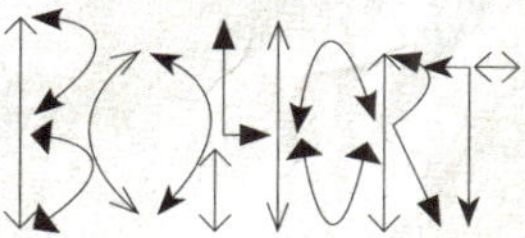

Page 72

La potion s'appelle « énergium » : 1-É, 2-N, 3-E, 4-R, 5-G, 6-I, 7-U, 8-M.

Page 73

M	E	R	L	E	S
D	R	U	I	D	E
R	O	N	C	E	S
M	A	N	O	I	R
P	I	E	R	R	E
F	R	O	N	D	E
S	I	R	E	N	E

Page 74

Page 75

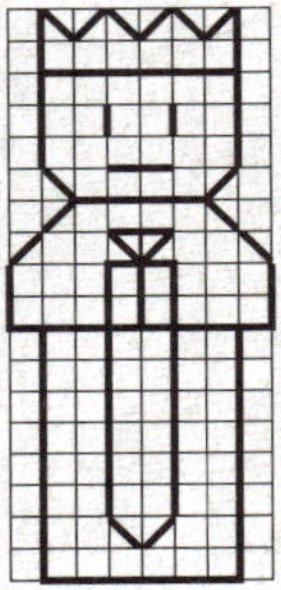

Page 76

Le bon chemin est le B.

Page 77

« Seul Lancelot du Lac peut venir chercher la reine. Tous les autres chevaliers seront tués s'ils essaient. »

Page 78

À l'instant T, Lancelot a parcouru une distance de 25 km × 1,5 h (1 h + 1/2 h) = 37,5 km en 1 h 30.
À l'instant T, Merlin et toi avez parcouru une distance de 27 km × 1,33 h (1 h + 1/3 h) = 35,9 km en 1 h 20. 37,5 - 35,9 = 1,6 km, soit 1 600 m, vous sépare de Lancelot. Vous devez donc accélérer.

Page 79

Page 80

« Morgane a piégé Guenièvre et Lancelot pour faire du mal à Arthur. Elle savait qu'ils s'aimaient en secret. Elle a libéré Accolon. »

Page 81

L'intrus est la feuille de chêne, car c'est le seul ingrédient à ne pas venir d'un animal.

Page 82

Agravain et Érec, Gauvain et Key, Perceval et Yvain, Bédivère et Urien, Galahad et Sagremor, Tristan et Bohort.

Page 83

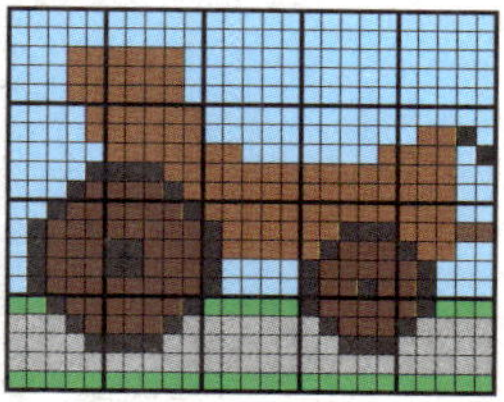

Page 84

Page 85

Il y a une carte accrochée au mur.

Page 86

Page 87

Morgane et Mordred vont sur l'île d'Avalon.

Pages 88-89

Page 90

Page 91

Vous devez rencontrer Philippe.

Page 92

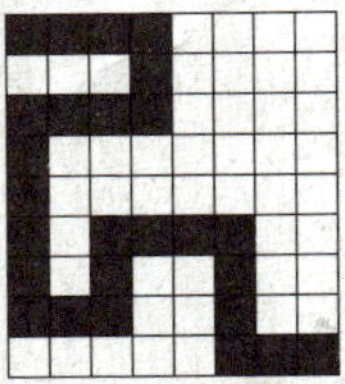

Page 93

1211.

Chaque ligne est une description de la ligne précédente :

1 = 11 (un 1),

11 = 21 (deux 1),

donc (un 2 et un 1) = 1211

Page 94

Le château s'appelle Corbénic.

Page 95

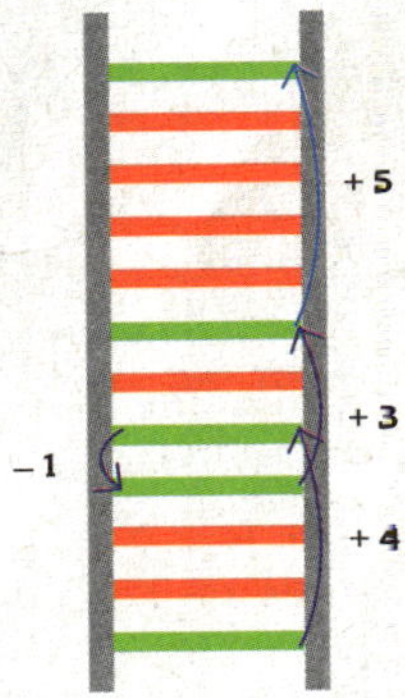

Page 96

Crocodile (croc-eau-deal).

Page 97

1	0	1	0	0	1
1	1	0	0	1	0
0	0	1	1	0	1
0	1	1	0	1	0
1	0	0	1	1	0
0	1	0	1	0	1

Page 98

	1	2	3	4	5	6	7	8
A	×	×		×				
B						×		×
C	×		×				×	
D				×		×		
E	×							×
F			×		×		×	

Page 99

C'est Arthur qui a été tué.

	Z	H	A	D	E	D
+	Z	I	R	C	O	M
	A	R	T	H	U	R

A	B	C	D	E	F	G	H	I
2	3	4	5	6	7	8	9	10
J	K	L	M	N	O	P	Q	R
11	12	13	14	15	16	17	18	19
S	T	U	V	W	X	Y	Z	
20	21	22	23	24	25	26	1	

Page 100

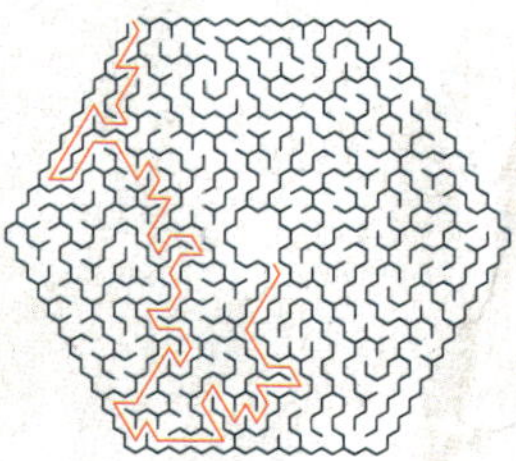

Page 101

Le bon dé est le B.

Page 102

« Retrouve Excalibur
et le roi Arthur. »

Page 103

« Appuie sur le bouton vert pour ouvrir la porte » (A – puits – sur – L' – œufs – boue – thon – ver – poux – rrr – houx – V – rire – la – porc – te).

Page 104

R	A	N	D	G	O
G	O	D	R	N	A
D	R	A	G	O	N
N	G	O	A	R	D
O	D	G	N	A	R
A	N	R	O	D	G

Page 105

Tu dois aller à droite.

Pour obtenir un seul chemin possible, il n'y a que cette théorie qui fonctionne : le chat dit un mensonge puis une vérité, il dit donc la vérité quand il indique que le chemin est à droite. Le crapaud, qui ne dit que la vérité, confirme que le château n'est pas à gauche et le corbeau, qui ne fait que mentir, ment en disant qu'il faut aller au milieu.

Page 106

Page 107

« Explosium ». Il faut déplacer la barre rouge comme indiqué par les flèches. EXPLOSIUM

Page 108

Page 109

Il faut dire « Merlin » pour faire fonctionner l'épée.

Page 110

« Accepte de me porter jusqu'à ma destination, jolie barque. Traverse l'eau et le vent aussi vite que tu le peux. »

Page 111

Il y a 8 cercles dans cette figure.

Page 112

Le seul détail qui n'appartient pas à la scène est le C.

Page 113

Tu dois dire à Merlin de prononcer la lettre N, qui se trouve une fois dans le mot « journée », une fois dans le mot « nuit » et deux fois dans le mot « année ».